ANTHONY HOROWITZ

STAATSFEIND NUMMER 2

Roman

Ins Deutsche übertragen von
Reinhard Rohn

BASTEI LÜBBE

BASTEI-LÜBBE-TASCHENBUCH
Allgemeine Reihe
Band 13 240

Erste Auflage: November 1989

Deutsche Lizenzausgabe 1989
Bastei-Verlag Gustav H. Lübbe GmbH & Co., Bergisch Gladbach
Originaltitel: Public Enemy No. 2
Lektorat: René Strien
Titelillustration: Willie Ryan
Umschlaggestaltung: Quadro Grafik, Bensberg
Satz: VID Verlags- und Industriedrucke GmbH & Co. KG,
Villingen-Schwenningen
Druck und Verarbeitung:
Brodard & Taupin, La Flèche, Frankreich
Printed in France
ISBN 3-404-13240-8

Der Preis dieses Bandes versteht sich einschließlich der gesetzlichen Mehrwertsteuer.

1 Französischdiktat

Ich mochte Noel Harvey St. John Palis von Anfang an nicht. Französischpauker sind immer irgendwie merkwürdig. Meiner Erfahrung nach haben sie entweder Schuppen, Mundgeruch oder einen unmöglichen Namen. Nun, Mr. Palis hatte all dies, und wenn man bedenkt, daß er gerade ein Meter sechzig war, mit einem Spitzbauch, einem Hörgerät und Haaren im Nacken, kann man sich vorstellen, daß er als Mister Universum – pardon, Monsieur Univers – nicht in Frage kam.

Er unterrichtete erst seit drei Monaten an unserer Schule – wenn man seine Schikaniererei unterrichten nennen konnte. Ich jedenfalls lernte von einem Stück Baguette mehr Französisch als von ihm. Ich erinnere mich genau an den Tag, als er in unsere Klasse stolzierte. Mr. Palis ging nicht wie ein gewöhnlicher Sterblicher, er bewegte seine Beine, als habe er vergessen, daß sie mit der Hüfte verbunden waren. Seine Füße schritten voraus, dann kam der Rest seines Körpers, verzweifelt bemüht aufzuholen. Jedenfalls schrieb er seinen Namen an die Tafel – besser gesagt die letzten paar.

»Mein Name ist Palis«, sagte er. »Ausgesprochen Palää. P-A-L-I-S.«

Wir wußten sofort, daß wir den falschen Pauker erwischt hatten. Er war gerade dreißig Sekunden in der Klasse gewesen, hatte seinen Namen angeschrieben, gesprochen, buchstabiert. Von dem Augenblick an ging alles schief. Er pflegte den kleinsten Fehler von uns als persönliche Beleidigung aufzufassen. Wenn man etwas falsch buchstabierte, ließ er es einen fünfzigmal abschreiben; wenn man ein Wort falsch aussprach, behauptete er, man quäle die Sprache. Dann begann er, einen selbst zu quälen. Ohren verdrehen war seine besondere Spezialität. Was soll man dazu sagen, Franzosen sind mir ein einziger Alptraum. Nach ein paar Monaten mit Mr. Palis konnte ich keine Pommes frites mehr sehen, ohne in Tränen auszubrechen.

Was mich betrifft, kam die Sache mit Mr. Palis eines Dienstags nachmittags zu einem unrühmlichen Höhepunkt. Wir schrieben gerade ein Diktat, und ich lehnte mich zu meinem Freund hinüber und flüsterte ihm etwas ins Ohr. Nichts besonders Originelles. Ich wollte bloß wissen, ob man ein Diktator sein müsse, um ein Diktat schreiben zu lassen. Mein Pech war, daß mein Freund lachte und Palis es hörte. Sein Kopf fuhr so schnell herum, daß ihm beinahe das Hörgerät heruntergefallen wäre. Und seine Augen nahmen geradewegs mich ins Visier.

»Nun, Simple?« sagte er.

»Ja, Sir«, sagte ich und setzte mein unschuldigstes Lächeln auf.

»Gibt es etwas, das ich auch wissen sollte? Etwas, das uns alle hier zum Lachen bringt?« Im Nu war er heranstolziert und zwirbelte mein linkes Ohr zwischen Daumen und Zeigefinger. »Wie hieß noch gleich das französische Wort für ›lachen‹, Simple?«

»Bedaure, Sir.«

»Es lautet ›rire‹. Ein unregelmäßiges Verb. *Je ris, tu ris, il rit* . . . Ich glaube, du wirst ein wenig nachsitzen müssen, Simple. Und da du so gerne lachst, schreibst du für mich die Infinitive, Partizipien, das Präsens, das historische Präteritum, das Futur und alle Präsens-Konjunktive von ›rire‹ auf. Verstanden?«

»Aber Sir . . .«

»Du willst mit mir diskutieren, Simple?«

»Nein, Sir.«

Niemand diskutierte mit Mr. Palis. Zumindest, wenn man nicht den ganzen Tag damit verbringen wollte, sämtliche Formen von ›discuter‹ niederzuschreiben, und ganz bestimmt das Passé Simple. Also hockte ich an einem wunderschönen Nachmittag in einem leeren Klassenzimmer, in einer leeren Schule und plagte mich mit einem Verb ab, das ich niemals wieder benutzen wollte. Eine Uhr tickte über der Tür. Als es vier Uhr fünfzehn war, hatte ich gerade die Formen von Vergangenheit, Gegenwart und Zukunft hinter mich gebracht. Und meine eigene Zukunft kam mir nicht gerade rosig vor. Da ging plötzlich die Tür auf, und Boyle und Snape schlenderten herein.

Sie waren die letzten beiden Menschen, die ich hier erwartet hätte, sie waren auch die letzten beiden, die ich hier sehen wollte. Chef-Inspektor Snape von Scotland Yard und sein höchst unangenehmer Assistent Boyle. Snape war ein Baum von einem Mann und sah immer aus, als könne er vor Kraft nicht laufen, beinahe so wie der unglaubliche Hulk. Er hatte eine rosige Haut und kleine Augen. Stellen Sie sich ein Schwein in einem Anzug vor, und Sie werden keinen Unterschied feststellen, ehe nicht einer von den beiden anfängt zu grunzen. Boyle sah genauso aus, wie ich ihn in Erinnerung hatte: schwarzes Haar – Dauerwelle auf dem Kopf, wilde Behaarung auf der Brust. Er war gebaut wie ein Boxer, aber ich weiß nicht genau, ob wie der Hund oder ein Schwergewichtler. Boyle liebte Gewalt, und er haßte mich. Ich war erst dreizehn, aber er schien alles daran zu setzen, daß ich nicht einmal vierzehn wurde.

»Nun«, brummte Snape, »scheint so, als wären wir wieder beieinander.«

»Ich glaube, ich träume«, sagte ich. »Zwicken Sie mich mal.«

Boyles Augen blitzten auf. »Mit Vergnügen!« blökte er und griff nach mir.

»Nicht jetzt, Boyle«, schnappte Snape.

»Aber er hat doch gesagt . . .«

»War nur so eine Redensart.«

Boyle hätte lieber auf eine andere Art mit mir geredet. Snape setzte sich aufs Pult und nahm mein Lehrbuch.

»Welches Fach?« fragte er.

»Französisch«, sagte ich.

»So? Kommt mir alles spanisch vor.« Er warf das Buch aufs Pult und zündete sich eine Zigarette an. »Nun also, wie geht's dir?«

»Was wollen Sie?« fragte ich. Ich hatte das unbestimmte Gefühl, daß sie nicht gekommen waren, um sich nach meinem Befinden zu erkundigen.

»Wir sind gekommen, um dich zu sehen«, schnarrte Snape.

»Okay, jetzt haben Sie mich gesehen. Wenn Sie mich dann entschuldigen wollen . . .« Ich griff nach meinem Ranzen.

»Nicht so hastig, Bürschchen, nicht so hastig.« Snape schnippte seine Asche in mein Tintenfaß. »Die Sache ist, daß Boyle und ich uns fragen . . . Wir brauchen deine Hilfe.«

»Meine Hilfe?«

Snape biß sich auf die Lippen. Offenbar bat er mich nicht gerne um etwas, und ich konnte ihn verstehen. Schließlich war ich noch ein Kind und er ein hohes Tier bei Scotland Yard. Das ging an seine Dackelehre. Boyle lehnte an der Wand und machte ein finsteres Gesicht. Lieber hätte er mich in die Mangel genommen.

»Hast du schon mal was von Johnny Powers gehört?« fragte Snape.

Ich schüttelte den Kopf. »Sollte ich?«

»Er war letzten April in der Zeitung. Schlagzeile. Erste Seite. Er ging ins Gefängnis, kriegte fünfzehn Jahre.«

»Persönliches Pech.«

»Sicher, besonders wenn man gerade fünfzehn ist.« Snape blies den Rauch aus. »Die Zeitungen nannten ihn Staatsfeind Nummer eins, und irgendwie lagen sie damit ganz richtig. Johnny Powers hat früh angefangen . . .«

»Wie früh?«

»Er setzte seinen Kindergarten in Brand. Seinen ersten bewaffneten Überfall beging er mit acht, klaute vier Kisten Schokoladenriegel und ein paar hundert Flaschen Limonade. Mit dreizehn war er Anführer einer der gefürchtetsten Jugendbanden von ganz London. Sie nannten sich Catapult Kids, was ein Witz sein sollte, denn sie benutzten nur Schrotflinten, bei denen sie den Lauf abgesägt hatten. Powers war so abgefeimt, daß er sogar die Säge dafür stahl.«

Unangenehmes Schweigen folgte.

»Was hat das alles mit mir zu tun?« fragte ich dann. Eigentlich wollte ich es gar nicht wissen, aber ich hasse nun einmal unangenehmes Schweigen.

»Wir schnappten Powers letztes Jahr«, fuhr Snape fort. »Ertappten ihn auf frischer Tat, wie er für eine Million Pfund Nerze bei Harrods stehlen wollte. Wenn Powers klauen ging, konnten die Kaufhausdetektive von Glück reden, wenn sie ihre Unterhosen anbehielten.«

»Aber nun haben Sie ihn ja«, entgegnete ich. »Was wollen Sie noch mehr?«

»Wir wollen den Mann, der die Pelze verkaufen sollte.« Snape drückte seine Zigarette in das Tintenfaß. Ein schwaches Zischen erklang, aber vielleicht hatte auch nur Boyle mit den Ohren gewackelt. »Fence«, fuhr Snape fort. »So nennt sich der Mann, der all das gestohlene Zeug in England und überall in Europa vertreibt und verkauft. Verbrechen ist ein großes Geschäft, Nick. Diebstahl, Einbruch, Hehlerei . . . jedes Jahr gehen ganze Berge von irgendwelchem Zeug verloren. Pelzmäntel. Kerzenhalter. Whisky. Hi-Fi-Anlagen. Du bestellst die Sachen, und irgend jemand klaut sie für dich. Wir haben kürzlich herausgefunden, daß ein einzelner Mann dieses ganze Unternehmen aufgebaut hat, ein riesiges Verbindungsnetz, um Sachen zu besorgen und zu verkaufen.«

»Sie meinen wie ein x-beliebiger Geschäftsmann.«

»Genau. Es könnte ein Geschäftsmann sein, ein Bankier, irgend so etwas. Er muß sich nicht selbst die Finger schmutzig machen, aber er hat überall seine Verbindungen. Wenn wir ihn zu fassen kriegten, könnten wir der Unterwelt einen herben Schlag versetzen. Und stell dir vor, wieviel er uns sagen könnte. Aber er ist Mr. Unsichtbar. Wir wissen weder wie er aussieht noch wo er lebt. Wir wissen nur, wie er sich nennt: Fence. Wir müssen ihn haben.«

»Wir müssen ihn haben«, wiederholte Boyle.

»Ich glaub', ich habe die Sache kapiert, Boyle«, sagte ich. Ich wandte mich wieder Snape zu. »Warum fragen Sie diesen Johnny Powers nicht einfach?

Snape zündete sich wieder eine Zigarette an. »Wir haben ihn gefragt«, antwortete er. »Wir haben ihm angeboten, ihm die Hälfte seiner Strafe zu erlassen, wenn er mit dem Namen herausrückt. Aber Powers ist total verrückt, er weigerte sich glattweg.«

»Ganovenehre«, murmelte ich.

»Keineswegs«, erklärte Snape. »Powers würde seine eigene Großmutter verkaufen, wenn es ihm in den Kram paßte. Tatsächlich hat er sie verkauft. Sie schuftet jetzt in einem arabischen Salzbergwerk. Aber natürlich hätte er sie keinem Polizisten verkauft. Er würde uns niemals etwas erzählen. Andererseits – vielleicht würde er den Namen jemandem verraten, den er gut kennt, mit dem er sich gut steht.«

»Worauf wollen Sie hinaus?« fragte ich. Mir wurde allmählich mulmig. Langsam konnte ich zwei und zwei zusammenzählen, nur daß die Nummer, die dabei herauskam, zu groß für mich war.

»Johnny Powers ist fünfzehn«, fuhr Snape fort. »Zu jung fürs Gefängnis, zu gefährlich fürs Erziehungsheim. Also schickte man ihn in eine Besserungsanstalt, etwas außerhalb von London: Strangeday Hall. Ein Haus für junge Straftäter. Keiner dort ist über achtzehn, aber alle sind kriminell. Wir möchten, daß du dort hingehst.«

»Warten Sie 'ne Sekunde.« Ich schluckte schwer. »Ich bin kein Verbrecher. Ich bin ein Muttersöhnchen. Ich liebe meinen Teddy und meine Modelleisenbahn. Ich . . .«

»Wir werden dir einen neuen Namen geben«, unterbrach mich Snape. »Eine neue Identität. Du kommst in eine Zelle mit Powers. Und sobald wir wissen, was wir wissen wollen, holen wir dich wieder heraus. Und du gehst zur Schule zurück, als wäre nie etwas geschehen.«

Von einem Zuchthaus ins andere, dachte ich. Doch selbst wenn ich ein Schuljahr hätte überspringen können, kam die Sache für mich nicht in Frage. Snape mochte Powers völlig verrückt nennen, aber sein Plan war das Verrückteste, was ich jemals gehört hatte.

»Nur um keine Mißverständnisse aufkommen zu lassen«, sagte ich. »Sie wollen mich mit diesem halbwüchsigen Al-Capone-Verschnitt in einer Besserungsanstalt irgendwo außerhalb von London einsperren. Ich soll mich freundlich an ihn heranmachen – am besten, bevor er mir die Kehle durchgeschnitten hat. Und ich soll herausfinden, wer dieser ominöse Fence ist, den Sie verhaften wollen.«

»Genau.« Snape lächelte selig. »Also, wie lautet deine Antwort?«

»Vergessen Sie es! Kommt nicht in Frage! Sie müssen verrückt sein, Snape. Nicht für alles Geld der Welt.«

»Das heißt also nein?« fragte Snape.

Ich nahm meinen Ranzen und stand auf. Mr. Palis und seine unregelmäßigen Verben konnten mir gestohlen bleiben. Ich wollte nur raus hier. In diesem Moment aber trottete Boyle zur Tür und versperrte mir den Weg. Sein Gesichtsausdruck hätte selbst eine hungrige Kanalratte in die Flucht geschlagen.

»Soll ich ihn mir vornehmen, Chef?« fragte er.

»Nein, Boyle.«

»Aber . . .«

»Er hat sich entschieden.«

Snape sprang elegant vom Pult. Boyle sah aus, als würde er gleich platzen, aber er versuchte nicht, mich zurückzuhalten, als ich nach der Türklinke griff.

»Rufe mich an, wenn du deine Meinung geändert hast«, brummte Snape.

»Darauf können Sie warten, bis Sie schwarz werden«, entgegnete ich.

Ich ließ die beiden stehen und lief nach Hause. Offengestanden erwartete ich nicht, jemals wieder etwas von ihnen zu hören. Ich meine, ich hatte ihnen gesagt, was ich von dieser verrückten Idee hielt – und sie würden sich irgendeinen anderen Dummen suchen müssen, was ihnen zweifellos auch gelingen würde. Damit war die Sache für mich erledigt.

Woraus Sie sehen können, was für ein ahnungsloser Trottel ich war.

2 Der purpurrote Pfau

Sie werden sich jetzt vielleicht fragen, was so ein netter Junge wie ich mit zwei so unangenehmen Typen wie Snape und Boyle zu tun haben kann. Nun, die Antwort ist eine lange Geschichte. Ich habe sie in dem Buch ›Die Malteser des Falken‹ niedergeschrieben.

Die Sache fing eigentlich mit meinem großen Bruder Herbert an. Nur, daß er sich selbst anders nennt. Er träumte immer davon, ein Privatdetektiv zu sein, und nachdem meine Eltern Knall auf Fall beschlossen hatten, nach Australien auszuwandern, richtete er sich ein Büro in Fulham, im Westen Londons ein. Er nannte sich selbst Tim Diamond, weil er glaubte, das wäre besser fürs Geschäft, und das stand auch an der Tür: Tim Diamond, Inc., Privatdetektiv. Sein einziges Problem war, daß er nicht besonders helle war. Um es vorsichtig zu formulieren. Sie kennen vielleicht den Spruch: Er hat ein Brett vor dem Kopf. Nun, mein Bruder Herbert trug eine ganze Holzgroßhandlung vor sich her.

Irgendwie wurden wir in eine Sache mit einem bolivianischen Zwerg, zwei deutschen Killern, einem Alligator und einer Schachtel ›Malteser‹-Pralinés verwikkelt, die, wie sich herausstellte, dreieinhalb Millionen Pfund wert war. Dabei lernte ich Snape und Boyle kennen. Nur, daß die Bekanntschaft mit dem Alligator mir mehr Vergnügen bereitet hatte.

Aber die ganze Sache lag sechs Monate zurück, und jetzt hatten Herbert und ich nicht einmal mehr zwei Pfund, die wir hätten zusammenkratzen können. Und wenn, hätte es Herbert wenig gekratzt, sie sofort auszugeben. Durch diesen ›Malteser‹-Fall hatten wir ein wenig Geld gehabt, aber das war längst für einen

Skiurlaub und für die Behandlung von Herberts gebrochenem Bein draufgegangen. Wir hätten natürlich auch zum Nationalen Gesundheitsdienst gehen können, aber leider hatte Herbert nicht sein eigenes, sondern jemand anderem das Bein gebrochen. Den Rest hatten wir für neue Teppiche, neue Möbel und neue Fenster ausgegeben. Jetzt aber hatten wir überhaupt keinen Durchblick mehr; wir waren finanziell am Ende.

Es war Tea-time, als ich zurückkehrte. Zum Tee sollte es heute Bohnen auf Toast geben. Wir hatten auch am Samstag und am Sonntag schon Bohnen auf Toast gehabt. Am Montag hatte ich mich bei Herbert beschwert, also hatte er Toast auf Bohnen serviert . . . nur mal so zur Abwechslung. Wir hatten noch fünfzehn Dosen Bohnen im Kühlschrank. Ich fürchtete ernsthaft, daß uns der Toast ausgehen könnte, doch so wie das Brot aussah – gewellt, mit einer starken grünlichen Färbung –, stand eher zu befürchten, daß es mit uns zu Ende ginge.

Zwei Briefe lagen im Briefkasten. Eine Mahnung von der Stadtbibliothek für ein Buch, das ich vor drei Monaten hätte zurückbringen sollen. Die Mahngebühr würde mich mehr kosten, als wenn ich das Buch im Laden gekauft hätte. Es hieß: ›Wie Sie in Ihrer Freizeit Geld verdienen‹. Offenbar war es nicht besonders gut. Auf dem zweiten Brief klebte eine australische Marke. Ich konnte Herbert in der Küche pfeifen hören. Es klang ungefähr so melodiös wie das Zischen eines Teekessels. Aus einem bestimmten Grund hatte ich keine besondere Lust, ihn zu sehen. Ich nahm den Brief mit auf mein Zimmer; dort warf ich meinen Ranzen in die Ecke und mich aus Bett. Dann begann ich zu lesen.

Liebster Nick,
nur ein paar hastige Zeilen, da Daddy und ich gleich zu einem Barbecue müssen. Eingeladen hat uns irgend jemand, mit dem Daddy arbeitet, ein Türverkäufer. Wir haben nun drei weitere Türen in meinem Schlafzimmer eingebaut, was natürlich irgendwie ein bißchen merkwürdig ist, da sie nirgendwo hinführen. Aber Du kennst Daddy ja. Er liebt Türen nun einmal über alles.

Ich hoffe, Dir geht es gut. Ich vermisse Dich sehr und wünsche mir oft, Du wärest hier. Die Sonne scheint die ganze Zeit (außer nachts), und es gibt eine Menge netter Leute hier. Denkst Du daran, einmal in der Woche die Unterhosen zu wechseln? Ich schicke Dir drei Paar australischer Unterhosen mit der nächsten Post. Paß nur auf, daß Du sie nicht falsch rum anziehst.

Ich wünsche mir oft, ich könnte kommen und Dich und Herbert besuchen, aber leider habe ich sehr viel mit dem Baby zu tun. Wir haben beschlossen, es Dora zu nennen.

Mach's gut
Deine Mumsy

Es machte mich irgendwie traurig, den Brief zu lesen. Sie hatte ein Baby adoptiert – eine Schwester, die ich niemals sehen würde. Um mich kümmerte sie sich nicht mehr. Sie lebte jetzt ein anderes Leben. Zu allem Unglück hatte sie mir nicht einmal Geld geschickt. Drei Paar australische Unterhosen. Na, vielleicht konnte ich sie gegen eine Dose Bohnen eintauschen.

Dora tat mir leid. Wenn sie gewußt hätte, was sie alles erwartete, wäre sie wahrscheinlich zurück ins Waisenhaus gewatschelt. Nicht, daß meine Alten nicht in

Ordnung waren. Aber Sie kennen das ja: kämm dich, putz dir die Zähne, sitz gerade, rede nicht mit vollem Mund. Es gab mehr Vorschriften in meinem Leben, als es Verkehrsregeln gibt. Ich durfte nicht einmal husten, ohne Paragraph 3, Abschnitt 5 des Kindererziehungsgesetzes zu beachten. Als meine Eltern dann nach Australien auswanderten, haute ich im letzten Moment ab. Mir blieb auch nicht viel anderes übrig.

Ich legte den Brief in eine Schublade und ging die Treppe hinunter. Ein fremder Geruch breitete sich in der Wohnung aus, und alles, was nicht nach Bohnen roch, roch fremd. Mir lief schon das Wasser im Mund zusammen, bevor ich noch wußte, was es genau war. Vor der Küche hielt ich einen Moment inne und schnüffelte. Gebratene Zwiebeln. Ich stürzte hinein.

Herbert stand in einer rosafarbenen Schürze am Herd und rührte in einer Pfanne. Ich blickte zum Tisch. Zwei proppenvolle Plastiktüten standen da, mit all dem Zeug, von dem ich geträumt hätte, wenn ich nicht zu hungrig gewesen wäre, um zu schlafen. Kekse, Kuchen, Wurst, Eier, Äpfel und Orangen.

»Was ist passiert?« fragte ich. »Nein . . . laß mich raten. Du hast im Lotto gewonnen? Die Heilsarmee war da? Die Regierung hat dir eine Behindertenrente bewilligt?« Ich schnappte mir einen Apfel. »Ein Wunder, einfach ein Wunder.«

»Kein Wunder«, entgegnete Herbert eingeschnappt. »Ich hab' einen Job.«

»Also doch ein Wunder. Du meinst . . . irgend jemand hat dir Geld gegeben?«

»Seit heute bin ich engagiert, um einen purpurroten Pfau zu finden.« Herbert wandte sich wieder der brutzelnden Pfanne zu. »Wie willst du dein Steak?« fragte er. »Roh, medium oder durch?«

»Groß«, sagte ich.

Zehn Minuten später saßen wir am Tisch und verputzten eine ganze Wochenration. Es gibt Tage, da bin ich richtig stolz auf meinen großen, blauäugigen Bruder. Nun gut, er konnte zwar keine Kreuzworträtsel lösen, geschweige denn Kriminalfälle, er hatte Mühe, sich die Schuhe selbst zuzubinden, und er fürchtete sich im Dunkeln, aber wir lebten nun immerhin seit drei Jahren zusammen, und die Dinge hätten schlechter stehen können – was sie auch bald tun sollten, nur wußte ich das da natürlich noch nicht.

»Was gibt's Neues aus Australien?« fragte Herbert, während er Schokoladenpudding in sich hineinschlang.

»Nicht viel«, erwiderte ich.

»Hat Mum Geld geschickt?«

»Nein, aber sie will mir Unterhosen schicken.«

»Unterhosen?« Herbert schüttelte den Kopf. »Das ist eine Beleidigung.«

»Eher eine Bekleidigung.« Ich verputzte meinen letzten Rest Pudding und legte den Löffel hin. »Also, Tim«, sagte ich. »Was ist das mit dem purpurroten Pfau?«

»Ich soll ihn finden«, erklärte Herbert. »Er ist verschwunden.«

»Aus dem Zoo?«

»Aus dem Museum.« Herbert lächelte. »Es ist kein Tier. Es ist eine Vase.«

Er schob seinen Teller zur Seite und zog sein Notizbuch hervor. Seine Augen verengten sich, und seine Lippen preßten sich zusammen. So sah er immer aus, wenn er versuchte, einen Privatdetektiv zu mimen. Ich weiß nicht, wem er damit etwas vormachen wollte. Das dumme Gesicht jedenfalls machte ihm so leicht keiner nach.

»Es ist eine Ming-Vase«, fuhr er fort. »Zwanzig

Zentimeter hoch, blau und weiß, mit einem purpurroten Pfau auf einer Seite.« Er schlug sein Notizbuch auf. »Fünfzehntes Jahrhundert. Angefertigt für Kaiser Cheng-Phie.«

»Cheng wie?«

»Nein, Cheng-Phie. Ein chinesischer Apfelsin.« Er blickte wieder in sein Notizbuch. »Ich meine ein chinesischer Mandarin. Egal, jedenfalls ein hohes Tier. Er ließ die Vase machen.«

»Ist sie wertvoll?«

»Wertvoll?« Er lehnte sich zurück und schüttete sich dabei Wein aufs Hemd. »Ist jede Menge Knete wert, und keine zum Spielen. In den letzten sechzig Jahren stand sie im British Museum. Dann, vor einer Woche, sollte sie irgendwo gereinigt werden. Sie wurde genau um neun Uhr fünfunddreißig in einen Lastwagen geladen.«

»Und als der Lastwagen ankam . . .«

»Der Lastwagen kam niemals an. Er verschwand ebenfalls. Der Fahrer hielt an einer Tankstelle in Camden. Er ging bezahlen, und als er zurückkehrte, war der Lastwagen weg.«

»Und mit ihm die Vase.«

»Genau.«

»Aber warum schalten die Museumsleute nicht die Polizei ein?« fragte ich. »Und wie kommen die ausgerechnet auf dich?«

»Die Sache ist ihnen zu peinlich, um zur Polizei zu gehen. Schau, die Vase ist unbezahlbar. Das Museum will sie wiederhaben, aber sie wollen keinen Skandal.« Er schenkte mir ein schiefes Lächeln. »Also ein Fall für Tim Diamond. Ich werde das Kind schon schaukeln.«

Du wirst höchstens die Vase schaukeln – und dabei fallen lassen, dachte ich, sagte aber: »Und warum kommen die zu dir?«

»Nun . . . äh . . .« Herbert zögerte. Die Frage behagte ihm offenbar nicht besonders. »Um ehrlich zu sein, Tante Maureen hat mich empfohlen.«

»Tante Maureen mit der falschen Hüfte?«

»Ja«, brummte er mißmutig. Ich bezweifle, daß Sherlock Holmes oder Mike Hammer jemals von ihren Tanten für einen Fall vorgeschlagen worden waren. »Sie kennt einen der Wachmänner. Jedenfalls . . .« Er schniefte. »Ich bin der richtige Mann für diesen Job. Wenn sie wollen, daß ich die Vase finde, werde ich sie finden.«

»Sicher«, sagte ich.

Herbert schüttete sich Wein nach. Ich blickte wieder auf den Tisch. Vielleicht war ich manchmal ein wenig zu streng mit ihm. Ich meine, schließlich hatte er mir gerade die beste Mahlzeit seit Wochen spendiert, was mich auf das Wichtigste an der ganzen Sache brachte.

»Was haben sie dir bezahlt?« fragte ich.

Ein Lächeln verklärte wieder sein Gesicht. »Einen Hunderter im voraus«, sagte er. »Plus zehn Pfund Spesen am Tag.«

»Zehn Pfund!«

»Nun . . .« Herbert zuckte die Achseln. »Schließlich habe ich kostspielige Unkosten.«

»Klasse«, sagte ich, und plötzlich schoß mir etwas durch den Kopf, keine Vase allerdings.

In der Schule plante man einen Ausflug nach Woburn Abbey: Herrenhaus und Safari-Park. Ich stehe zwar nicht sonderlich auf Herrenhäuser – alte Ritterrüstungen und alte Bilder, gemalt von noch älteren Malern –, aber die Sache mit dem Safari-Park klang gut. Der Haken war nur, wir sollten die Kosten selbst berappen: drei Pfund für jeden. Ich hatte schon den Hampton Court und das Greenwich Observatorium verpaßt, und die Klasse begann mich schon als Spezialfall zu betrachten. Sie hatten schon einen Hut für mich rumgehen lassen; er paßte mir zwar nicht, aber die Geste zumindest war nett gewesen.

Die ganze Woche hatte ich darüber nachgedacht, wie ich bei Herbert ein paar Pfund lockermachen konnte, hatte mich aber nicht zu fragen getraut. Es hätte ihn nur an seine eigene üble Lage erinnert, und ich hasse es nun einmal, erwachsene Männer weinen zu sehen. Aber hundert Pfund im voraus und zehn Pfund Spesen am Tag . . .

»Tim . . .« begann ich zaghaft.

»Ja?«

»Wo du jetzt wieder eingermaßen flüssig bist, glaubst du, du könntest mir einen Fünfer leihen?«

»Einen Fünfer?«

»Du weißt doch . . . für Woburn Abbey.«

Er dachte einen Moment nach. »Aber das sind die Spesen für einen halben Tag«, jammerte er.

»Nun, du bleibst doch sowieso immer bis mittags im Bett.« Doch er ließ sich nicht erweichen. Also versuchte ich es auf eine andere Tour. »Es gehört zu meiner Erziehung«, sagte ich. »Wir haben doch schon über meine Zukunft gesprochen.«

Es gefiel mir zwar überhaupt nicht, aber Herbert war einfach unfähig zu streiten. Er seufzte und griff in seine Tasche. »Okay«, sagte er, »aber du wäschst ab.«

Er warf eine zerknitterte 5-Pfund-Note auf den Tisch, die ich mir sogleich schnappte. Ich hatte so lange keine mehr gesehen, daß ich gar nicht mehr wußte, wie sie aussah.

»Tausend Dank«, sagte ich. Tausend Pfund wären mir natürlich noch lieber gewesen. Ich steckte den Fünfer in die Hosentasche. »Wann wirst du anfangen, nach dem purpurroten Pfau zu suchen?« fragte ich.

»Morgen.« Herbert hob sein Weinglas. »Schätze, ich gehe zur Tankstelle. Suche den Tankwart auf.«

»Und dann?«

»Ich tanke und warte, daß ich ihn ausquetschen kann.« Er trank seinen Wein in einem Zug aus, was wohl entschlossen wirken sollte, aber irgend etwas ging dabei in die Hose, denn plötzlich wurde er ganz rot im Gesicht und stürzte aufs Klo.

Ich sah ihn hinausrennen. In der ganzen Aufregung hatte ich völlig vergessen, ihm von der Sache mit Snape und Boyle zu erzählen. Aber eigentlich dachte ich selbst schon nicht mehr daran.

3 Woburn Abbey

So kam es, daß ich mich ein paar Tage später mit fünfzig Meilen die Stunde auf der M 1 in Richtung Woburn Abbey wiederfand. Vierzig Mann saßen im Bus – achtunddreißig Schüler und zwei Lehrer. Mein Freund Palis war einer von ihnen. Der andere war ein alter Knacker namens Snelgrove. Er lehrte schon ziemlich lange Geschichte, und ich glaube, daß er das ganze alte Zeug, von dem er im Unterricht sprach, noch selbst erlebt haben mußte.

Jeder von uns hatte ein Freßpaket dabeigehabt, das wir aber schon ausgepackt und gegessen hatten, noch ehe wir auf der Autobahn waren. Nun war der Bus übersät von Butterbrotpapier und Chipstüten. Der Fahrer hätte nicht glücklicher aussehen können, wenn er am Steuer eines Leichenwagens gesessen hätte. Ich hatte einen Platz auf der Rückbank ergattert. Von dort schnitten wir den Autofahrern hinter uns Grimassen, um zu sehen, wer als erster eine Massenkarambolage verursachte. Woburn Abbey lag ungefähr eine Stunde von London entfernt. Snelgrove hatte die erste Viertelstunde damit verbracht, uns die Geschichte des Ortes zu erzählen, die Palis wiederum ins Französische übersetzt hatte. Niemand aber hatte zugehört. Die Sonne schien; und wenn wir eine Geschichtsstunde hätten abhalten wollen, wären wir besser gleich in der Schule geblieben.

Schließlich verließen wir die M 1 und rumpelten über Landstraßen weiter, wobei wir sicherlich ein paar Igel in die ewigen Jagdgründe schickten. Dann erreichten wir Woburn Abbey. Ein Schild wies zum Herrenhaus, ein anderes zum Safari-Park. Natürlich folgten wir dem ersten. Ich räkelte mich auf meinem Sitz, und plötzlich bohrte sich mir etwas ins Bein. Irgend jemand hatte eine Schleuder – ein billiges Plastikding – zwischen die Sitze geklemmt. Ohne nachzudenken, steckte ich sie ein. Mehr hatte ich nicht bei mir, als wir endlich ankamen: die Schleuder und zwei Pfund, die von Herberts Fünfer übriggeblieben waren.

Der Bus erreichte den Parkplatz und kam quietschend zum Stehen; vielleicht hatte aber auch nur der Fahrer aufgeseufzt. Natürlich wollten wir alle sofort zur Tür stürzen, als Palis aufstand und die Hand hob.

»Meine Herren«, begann er. »Ich . . .«

Ich blickte mich um. Ich sah zwar achtunddreißig freche, ungewaschene Rotzbengel, aber keine Herren.

». . . darf Sie daran erinnern«, fuhr er fort, »daß es sich um einen Ausflug im Rahmen des Geschichtsunterrichtes handelt. Woburn Abbey ist ein Herrenhaus und kein Vergnügungspark. Außerdem residieren der Marquis und die Marquise von Tavistock noch immer hier. Wenn es also irgendwelche Streiche und Rüpeleien geben sollte, werde ich mich der Sache höchstpersönlich annehmen.«

Seine rechte Hand schoß plötzlich nach vorn und schickte einen Jungen namens Sington in einem wenig eleganten Purzelbaum den Mittelgang hinunter.

»Und keine Kaugummis während der Besichtigung«, fügte Palis lächelnd hinzu.

Wie blökende Schafe trotteten wir danach aus dem Bus. Sogar der alte Snelgrove schien Palis zu fürchten. In Zweierreihen marschierten wir einen verschlungenen Pfad hinunter, an einem Restaurant vorbei und durch ein Drehkreuz. Ein Schild prangte über dem Häuschen für die Eintrittskarten.

SONDERAUSSTELLUNG
Die Karfunkel von Woburn
Zu sehen im Großen Salon

»Bitte, Sir«, fragte jemand. »Was ist ein Karfunkel?«

»Ein Edelstein«, sagte Snelgrove und blickte furchtsam zu Palis hinüber. »Ein ziemlich großes Juwel. Für gewöhnlich rot . . .«

»Keine Privatgespräche«, rief Palis.

Wir würden sicherlich viel Spaß haben.

Durch eine kleine Seitentür betraten wir das Haus: der Lieferanteneingang, nur daß er jetzt für gemeine Touristen offengehalten wurde. Es war Hochsaison und das Haus proppenvoll: Deutsche, Japaner, Amerikaner . . . genug Nationen, um einen kleinen Weltkrieg auszufechten. Vom Eingang gelangte man geradewegs in den Souvenirshop, was wirklich ein netter, kleiner Zufall war. Alle möglichen Andenken gab es hier zu erstehen, nützliche Dinge wie Porzellanhirsche, pelzumhüllte Wärmflaschen und königliche Teetassen. Ein paar trübe Tassen kauften das Zeug sogar. Ich überflog die Ansichtskarten und überlegte, ob ich Herbert eine mitbringen sollte. Solche Gesten schätzte er, und außerdem kosteten sie nur sechs Pence. Aber Palis rief schon: »Hier lang«, und wir folgten.

Ich bin wahrscheinlich nicht besonders geeignet, um ein Herrenhaus zu beschreiben. Ich meine, hat man eines gesehen, kennt man auch die anderen. War nicht unbedingt sozialer Wohnungsbau, aber aus dem Häuschen geriet ich vor Begeisterung auch nicht gerade. Wandteppiche, Gemälde, Kronleuchter und alte Tische sind ja vielleicht ganz nett, wenn man sie in der eigenen Eingangshalle hat, aber wenn überall diese roten Kordeln verlaufen, denen man folgen muß . . . Nun, die Hütte war nicht ganz mein Geschmack, auch wenn ein Herr von und zu hier das Sagen hatte.

Die Bibliothek langweilte mich zu Tode, im Schlafzimmer wäre ich beinahe eingeschlafen, und im Eßzimmer bekam ich Hunger. Sie glauben ja gar nicht, was in dem Schuppen alles herumstand und herumhing. Gemälde, Spiegel, Bronzeuhren . . . Der Marquise mußte einen tüchtigen Möbelspediteur gehabt haben. Irgendwann gelangten wir auch ins Schlafgemach von Queen Victoria. Ich hätte mich selbst gern zur Ruhe gelegt, auch wenn die alte Lady höchstpersönlich im Bett gewesen wäre.

Das Schlimmste aber war, daß Palis und Snelgrove sich stets gegenseitig in die Quere kamen. Sie verharrten in jedem Raum, und während Snelgrove sich über einen Gegenstand ausließ, wies Palis auf einen anderen hin. Ich war überrascht, wieviel er von all dem alten Plunder wußte, obwohl es doch gar nicht französisch war.

Ich selbst ahnte zu dieser Zeit noch nicht, daß ich mit jedem Schritt, mit jeder Minute in diesem Haus tiefer und tiefer in einen furchtbaren Alptraum geriet. Palis hatte unrecht. Verglichen mit dem, was kommen sollte, war Woburn Abbey ein fröhlicher Rummelplatz.

Unser Gänsemarsch durch das Haus wurde von ein paar alten Gänsen auf ebenso alten Stühlen beobachtet. Sie waren die einzigen Wächter, die sich blicken ließen, und sahen genauso lebendig aus wie die angestaubten Jagdtrophäen an den Wänden. Die Hälfte von ihnen strickte, die anderen lächelten jeden süßlich an. Aber als wir uns in den Großen Salon schoben, bemerkte ich zwei uniformierte Wachmänner, die sich neben der Tür postiert hatten. Einer von ihnen rempelte mich an und entschuldigte sich nicht einmal.

Der Große Salon sah genauso aus wie alle anderen

Räume des Herrenhauses, nur daß hier die Stühle blau waren und die Sofas und sogar die Bilder an der Wand. Die Wächter allerdings waren nicht blau. Etwa ein Dutzend Uniformierter standen herum und bewachten ein paar kleine rote Dinger, die in einer Glasvitrine lagen: die Woburn-Karfunkel, hübsch anzusehen und bestimmt auch ein hübsches Sümmchen wert.

»Offenbar hat der Marquis von Tavistock sie auf seinem Dachboden entdeckt«, hörte ich Snelgrove flüstern.

Glücklicher Marquis, dachte ich. Alles, was wir jemals auf unserem Dachboden gefunden hatten, war Mäusedreck gewesen.

»Sind sie nicht wunderschön?« fuhr Snelgrove mit gepreßter Stimme fort.

»Hier lang!« brüllte Palis und stolzierte voraus.

Wir folgten.

Ich war der letzte, der den Salon verließ. Aus irgendeinem Grund waren plötzlich keine Touristen mehr hinter mir. Was ich ziemlich merkwürdig fand. Mehr als zwanzig Leute hatten sich hier aufgehalten, als wir den Raum betreten hatten; jetzt waren sie alle verschwunden. Ich schlenderte auf die Tür zu. Im selben Moment hörte ich, wie Glas zersplitterte und eine Alarmglocke losschrillte. Ich drehte mich um.

Was ich sah, konnte ich nicht fassen. Noch vor einer Minute hatte ich zwölf rote Karfunkel in einer Vitrine betrachtet. Nun aber erblickte ich die eingeschlagene Vitrine, und in den Scherben lagen nur noch elf Edelsteine. Aber außer den Wachen war niemand im Raum gewesen. Ein Mr. Unsichtbar mußte sich an den Karfunkel-Klunkern bedient haben. Die Alarmglocke schrillte und schrillte. Aber ich wußte ja, daß es nicht mir galt.

»Okay, Bürschchen, bleib, wo du bist . . .«

Zwei Wachmänner steuerten geradewegs auf mich zu. Die Glasscherben knirschten unter ihren Füßen. Ich blickte mich um. Alle meine Klassenkameraden hingen in der Tür und starrten mich an.

»Was ist los?« ertönte Palis' Stimme hinter ihnen.

Einen Moment später hatte er sich seinen Weg gebahnt, und dann stand er hinter mir und keuchte mir in den Nacken, daß sich mein frisches Hemd in Falten legte.

»Gib den Stein zurück«, sagte der Wachmann und streckte seine Hand aus. Er tat es sehr langsam, als wäre ich bissig oder so etwas. »Du kommst mit dem Ding hier sowieso nicht raus.«

»Mit welchem Ding?« quäkte ich. Meine Stimme klang, als habe sich eine Froschfamilie in meinem Hals versammelt.

Palis blickte auf die zertrümmerte Vitrine. »Simple«, sagte er mit bebender Stimme.

»Ich hab's nicht . . .« begann ich.

Während ich noch sprach, fuhr meine Hand in meine Tasche. Ich wollte allen zeigen, daß sie leer war, aber genau das war ein schrecklicher Fehler. Noch bevor ich weitersprechen konnte, ertastete ich etwas Kaltes, Rundes. Ich zog es hervor. Es glitzerte im Sonnenlicht.

»Simple!« Palis zischte das S wie eine Schlange.

»Warten Sie 'ne Minute« sagte ich.

Aber mir war klar, daß niemand auch nur eine Sekunde warten würde. Wenn Palis mich nicht packte, würden die Wachleute es tun. Die Alarmglocke schrillte munter weiter; mittlerweile waren auch andere Stimmen an der Tür zu hören. Eine halbe Sekunde war vielleicht vergangen – Zeit genug für eine blitzschnelle Entscheidung. Es war ein abgekartetes Spiel. Aber wer hatte die

Karten gemischt? Wer hatte mir den Stein des Anstoßes zugesteckt? Mir fiel der Wachmann ein, der mich an der Tür zum Großen Salon angerempelt hatte. Der gleiche Mann, ein Schrank von einem Kerl, stand jetzt vor mir und kam immer näher. Es ergab keinen Sinn, aber er mußte es gewesen sein. Niemand sonst war im Raum gewesen, niemand sonst

Ich handelte blitzschnell. Stopfte mir den Stein in die Tasche, drehte mich um und rannte los. Die Wachleute brüllten mir etwas nach. Palis packte mich, doch irgendwie entwischte ich ihm. Ich bahnte mir meinen Weg durch meine Klassenkameraden und hoffte, daß niemand versuchen würde, mich aufzuhalten. Wenigstens damit lag ich richtig. Sie halfen mir sogar, indem sie sich in der Tür zusammendrängten und so Palis und den Wächtern den Weg versperrten.

Um Atem zu holen, hielt ich neben einem Fenster inne. Im selben Moment rasten draußen sechs Polizeiwagen mit Blaulicht und Martinshorn durch die Einfahrt und kamen quietschend zum Stehen. Es war unmöglich. Sie konnten einfach nicht so schnell hergekommen sein. Mein Magen zog sich zusammen wie ein Fußball, aus dem man die Luft herausgelassen hatte. Man hatte mich hereingelegt. Nicht nur die beiden Wachmänner. Die Sache mußte von langer Hand sorgfältig vorbereitet gewesen sein.

Ungefähr zwei Dutzend Polizisten schwärmten aus, um das Gebäude zu umstellen. Palis hatte sich beinahe durch meine Klassenkameraden gekämpft. Es war verrückt. Selbst wenn ich hier irgendwie heil herausgekommen wäre, hätte ich doch nicht gewußt, wohin. Aber das durfte mich jetzt nicht kümmern. Nur raus hier.

Ich blickte mich um. Ich befand mich im hochherrschaftlichen Speisezimmer. Ein Dutzend Herzöge und

Herzoginnen blickten mich von den Wänden anklagend an. In der Mitte des Raumes stand ein Tisch, gedeckt für acht Personen – acht Personen, die niemals kommen würden. Kostbares weißes Porzellan, glänzendes Silberbesteck und schlanke Gläser standen auf dem Tisch, um von den vorbeiziehenden Touristen bewundert zu werden. Eine Tür lag am Ende des Raumes. Ich nahm meine Beine in die Hand.

Nach zwei Schritten aber mußte ich sie wieder fallen lassen. Mir wurde der Weg versperrt. Eine der alten Gänse, die hier Wächter spielten, war von der Alarmglocke und dem Geschrei herbeigelockt worden und stand plötzlich vor mir; in der Hand hielt sie eine halbfertige rosafarbene Strickjacke und zwei Stricknadeln. Sie war ungefähr sechzig, trug ein Kostüm und eine Dauerwelle. Ihre Wangen waren vor Zorn gerötet.

»Haltet ihn!« schrie Palis irgendwo hinter mir.

Die alte Lady preßte wütend ihre Lippen zusammen. Sie mußte wohl glauben, ich wäre ein entlaufener Vandale oder so etwas. »Oh, du Unhold«, rief sie, »du garstiger kleiner Unhold.«

Ihre Hände schnellten nach vorn, die Strickjacke fiel zu Boden, und plötzlich hielt sie nur noch die Nadeln in der Hand, wie Dolche, die genau auf mich zielten.

»Du Unhold!« rief sie zum dritten Mal und stürzte mit funkelnden Augen auf mich zu. Im selben Moment stürzte ich auf sie zu.

Eine Sekunde später stürzten wir beide.

Nun, ich meinte es nicht persönlich, aber sie hätte mich vielleicht mit ihren dolchenden Nadeln gemeuchelt, wenn ich mich nicht verteidigte. Als sie zustieß, bückte ich mich. Meine Schulter machte mit ihrem Magen Bekanntschaft, eine Art verunglückter Body-Check wie beim Eishockey. Dann schnellte ich hoch, und die ehrenwerte Lady ging mit ihrem Kostüm, ihren Nylonstrümpfen und ihren Stricknadeln in den Tiefflug über. Mit wildem Geschrei landete sie auf dem Eßtisch und bahnte sich ihren Weg durch munter hüpfende Teller und Gläser, Messer und Gabeln. Der Tisch erwies sich als hervorragende Rutschbahn. Sie gewann noch immer Tempo und schoß wie eine Rakete gegen die Wand und ging erst zu Boden, als ein Gemälde mit lautem Krach auf sie stürzte. Näheres konnte ich nicht mehr beobachten. Ich hatte es eilig.

Der nächste Raum war wohl eine Art Bibliothek. Ein dritter Wächter plagte sich aus einem Stuhl auf, als ich herangeschossen kam. Ich drückte ihn mit der flachen Hand auf den Stuhl zurück und seufzte, als er in ein Regal fiel und von einer Lawine aus Büchern verschüttete wurde. Ein langer Korridor lag links von mir, aber wie ich es erwartet hatte, stürmte da bereits ein Polizist auf mich zu. Ich lief geradeaus weiter durch eine Nische in einen anderen Speiseraum. Eine rote Kordel hing vor dem Eingang. Ich kümmerte mich nicht darum und sprang hinüber.

Irgendwann blickte ich mich um, ob mich jemand verfolgte. Dabei mußte mein Ellbogen wohl eine Büste berührt haben. Jedenfalls ging ein Gipskopf zu Bruch. Aber Gott sei Dank ließ sich niemand blicken. Offenbar hatte ich Palis und die Polizei fürs erste abgehängt. Nun konnte ich es etwas ruhiger angehen lassen. Ich bog um eine Ecke und stand einem Wachhund gegenüber. Ein Pekinese, der keine zwanzig Zentimeter groß war. Ich lächelte, und er biß mich. Ich trat nach ihm, und er ergriff die Flucht.

Offenbar befand ich mich in den Privaträumen von Woburn Abbey, in jenem Teil des Hauses, wo Touristen keinen Zutritt hatten. Hier wirkte auch alles irgendwie bewohnter; Zeitungen und billige Taschenbücher lagen zwischen all dem antiken Plunder herum. Vor einem Stuhl standen ausgetretene Hausschuhe, und irgend jemand hatte einer Statue seinen Hut aufgesetzt.

»Versucht es dort . . .!«

Die Stimme klang ziemlich entfernt. Ich lief weiter. Ich mochte mich zwar in den Privaträumen aufhalten, aber wenn ich nicht zusah, daß ich hier herauskam, würde sich meine Privatsphäre in den nächsten Jahren in ganz anderen Räumen abspielen.

Ich verzog mich in einen anderen Korridor und hoffte, von dort irgendwie nach draußen zu gelangen. Plötzlich hörte ich, wie eine Tür geöffnet wurde, und dann Schritte auf dem Parkett. Jemand lief geradewegs auf mich zu. Ich nahm die erstbeste Tür und schlüpfte hinein.

»Was machen Sie hier?«

Ich wirbelte herum. Ich war im Badezimmer: weißer Marmor und glänzende Messingarmaturen. Und ich war nicht allein. Ein großer Mann mit einem rosigen Schweinchengesicht saß in der Wanne, bis zum Nacken in Seifenschaum, und las ein Buch mit dem Titel: ›Das Leben auf dem Lande‹. Er starrte mich durch große, quadratische Brillengläser an, die vom Dampf ganz beschlagen waren.

»Wer sind Sie?« fragte ich, weil mir nichts Besseres einfiel.

»Ich bin der Marquis.«

»Der Marquis von Bad?«

»Nein, der Marquis von Tavistock.« Er runzelte die Stirn. »Aber ich nehme gerade ein Bad.«

Ich lächelte ihn an.

»Raus hier!« verlangte er.

Ich gehorchte.

Am Ende des Korridors lag ein Fenster. Es führte auf einen schmalen Balkon hinaus, der an der gesamten Häuserfront entlanglief. Meine Glückssträhne hielt an. Niemand war zu sehen. Schnell schwang ich mich über die Brüstung. Einen Moment hing ich dort, bis ich mich fallen ließ. Es dauerte eine Ewigkeit. Dann brach ich in ein Gebüsch und mir ein Bein. Zumindest kam es mir so vor. Als ich mich aufrappelte, konnte ich aber wenigstens auftreten. Ich hatte mir zwar den Knöchel verstaucht und die Hose zerrissen, doch eines hatte ich erreicht: ich war draußen.

Ich hinkte um das Gebäude und durch eine schmiedeeiserne Tür. Von dort führte ein Pfad zu dem Tor, wo mein Diamantenfieber begonnen hatte. Ungefähr hundert Leute liefen dort umher – auch ein paar Polizisten. Als drei von ihnen auf das Haus zustürmten, mischte ich mich so schnell ich konnte unter die Touristen. Mein Glück blieb mir treu. Die Polizei schien zwar zu wissen, daß ein Dieb das Herrenhaus heimgesucht hatte, nicht aber, daß er erst dreizehn war. Zwei weitere Polizisten rannten an mir vorbei, während ich zum Drehkreuz hinkte. Niemand versuchte, mich aufzuhalten.

Ich war schon bis zum Parkplatz gekommen, als mir allmählich dämmerte, daß ich keine Ahnung hatte, wohin ich gehen sollte. Nach all dem konnte ich mich wohl kaum in den Bus setzen und erwarten, daß man mich zurück zur Schule fuhr. Und nach Hause zu laufen kam nicht in Frage. Abgesehen von meinem verstauchten Knöchel – die Felder um Woburns Abbey waren flach und weit; hier konnte man schon mittwochs sehen, wer am Sonntag zu Besuch kommen würde. Zu allem Überfluß stürmten die Polizisten nun aus dem Gebäude. Sie mußten wohl meine Fluchtroute rausgekriegt haben, was bedeutete, daß sie mir wieder auf den Fersen waren.

Alles, was ich bis jetzt getan hatte, hatte meine Lage nur verschlimmert. Vielleicht hätte ich die Sache mit dem Diamanten ja erklären können. Und wenn nicht, hätte ich sie als Dummejungenstreich hinstellen können, indem ich zum Beispiel behauptete, den Klunker der Wohlfahrt spenden zu wollen. Aber ich hatte ja nicht nur ein Juwel geklaut, sondern auch noch einer alten Lady das Fliegen beigebracht und ein paar nicht billige Teller und Gläser zertrümmert. Vermutlich war auch der Marquis nicht sonderlich gut auf mich zu sprechen.

Verzweifelt blickte ich mich um. Die Autos standen ordentlich in Reihen geparkt, und fröhliche Familien liefen auf das Herrenhaus zu und fragten sich, was dort Aufregendes geschehen sei. Plötzlich schritten eiligen Fußes zwei Polizisten auf mich zu. Ich dachte an meinen Fuß. Ich konnte kaum noch stehen. Mein Knöchel sah aus wie ein kleiner Heißluftballon. Und noch immer hatte ich keine Ahnung, wohin ich mich wenden sollte.

Dann sah ich den Landrover. Er parkte am Ende einer Reihe. Natürlich würden die Türen verschlossen sein, aber irgend etwas auf dem Wagendach war mit einer Plane abgedeckt worden. Doch die Plane war nicht fest verschnürt. Ich entdeckte eine Lücke.

Ohne lange nachzudenken, kletterte ich hinauf und kroch unter die Plane. Ein paar Säcke mit irgendwelchen Körnern lagen auf dem Dach. Entweder war der Fahrer ein Farmer oder irgend so ein Gesundheitsapostel. Ich hatte genug Platz, um mich einzurollen. Erleichtert lag ich da und hörte mein Herz schlagen. Es war wirklich höchste Eisenbahn gewesen. Ich hörte, wie draußen jemand heranrauschte.

»Habt ihr ihn gesehen?«

»Nein.«

»Dreizehn Jahre alt. Ein kleiner, gefährlicher Rotzbengel.«

Zwei Minuten später – es können auch zwanzig gewesen sein – hörte ich wieder Schritte. Ein Mann und eine Frau kamen heran und unterhielten sich leise. Die Türen wurden geöffnet und zugeschlagen. Dann sprang der Motor an, und der ganze Wagen begann zu vibrieren. Ich wurde gegen die Säcke gepreßt, als der Landrover einen Satz nach vorn machte.

Wir fuhren!

Eine halbe Stunde später hätte die Polizei womöglich eine Straßensperre errichtet und alle Autos durchsucht, so aber stoppte uns niemand, als wir mit zehn Meilen die Straße entlangzockelten. Ich konnte unter der Plane nichts sehen und wagte auch nicht herauszublicken. Ich hoffte nur, daß sich der Landrover auf eine lange Fahrt machte – am liebsten nach Neuseeland. Irgendwann würden wir auf die M 1 auffahren, dachte ich. Und dann wäre ich in Sicherheit, zumindest für eine Weile.

Aber wir fuhren nicht zur Autobahn. Der Fahrer schien es überhaupt nicht eilig zu haben. Nach ungefähr zehn Minuten kamen wir nur noch im Schneckentempo voran. Die Sonne schien, und es wurde allmählich heiß unter der Plane. Ich konnte kaum noch atmen. Vorsichtig hob ich zum ersten Mal die Plane an und blickte hinaus.

Wir steckten in einem Stau. Genau das, was ich jetzt am dringendsten brauchte. Wenigstens sechs Wagen waren hinter uns; wie viele vor uns standen, konnte ich nicht sehen. Die Straße führte an einem hohen Drahtzaun entlang, hinter dem ein zweiter, kleinerer Zaun lag. Ansonsten konnte ich nur Felder und Bäume sehen. Der Landrover rumpelte über ein Viehgitter. Die Säcke hüpften. Und ich mit ihnen. Ein Bretterhäuschen stand am Straßenrand. Aus Furcht, gesehen zu werden, zog ich die Plane wieder runter.

Anfahren, halten, anfahren, halten. Wir schienen überhaupt nicht weiterzukommen. Ich spähte wieder hinaus, gerade im richtigen Moment, um ein großes Holzschild neben der Straße lesen zu können. BITTE SCHIEBEN SIE IHRE RADIOANTENNE EIN. Die Antenne einziehen? Wohin führte diese Straße? Unter eine Zwergenbrücke in ein Märchenland?

Der Landrover stoppte schon wieder. Ich wagte nicht herauszublicken, konnte aber Stimmen hören.

»Haben Sie irgendwelche Tiere im Auto?« fragte eine Frau.

»Nein«, antwortete der Fahrer.

»Gute Fahrt!«

»Vielen Dank!«

Wir hatten also keine Tiere an Bord. Wirklich gut zu wissen. Aber was sollte das alles? Wo waren wir? Ich stand kurz vor dem Erstickungstod. Wir zockelten langsam weiter, und die Sonne brannte immer heißer. Irgend etwas tropfte auf das Dach. Für einen Moment glaubte ich zu weinen. Verstehen können hätte ich mich. Aber es war nur Schweiß. Ich beschloß, mich bei nächstbester Gelegenheit zu verziehen. Die Flucht mit dem Landrover hatte sich als Fehlschlag erwiesen. Ich mußte mich querfeldein durchhinken.

Weitere fünfzehn Minuten vergingen, bis ich endgültig die Nase voll hatte. Wir hielten und fuhren so oft an, daß ich mit dem Zählen nicht mehr mitkam. Ich hatte keine Ahnung, wo ich war, aber wenigstens der Polizei war ich entwischt. Ich wischte mir den Schweiß von der Stirn und kroch über das Dach, bereit zum Sprung. Ohne mich groß umzuschauen, fiel ich ins Gras. Mein Knöchel schrie auf, doch ich beachtete ihn nicht und rannte los.

Erst als ich ungefähr zwanzig Meter gelaufen war, hielt ich inne und versuchte mich zu orientieren.

Ich befand mich auf einem Feld, das von einem hohen Zaun umsäumt wurde. Der Landrover stand in einer langen Reihe hinter einem Dutzend anderer Autos. Ein Platz zum Picknicken. Das war mein erster Gedanke. Aber warum sollten sie ausgerechnet hier picknicken wollen? Eine holprige Wiese mit ein paar Bäumen hier und da. Die Straße, auf der wir die ganze Zeit gefahren waren, führte in Kurven am Zaun entlang. Ich betrachtete die Autos. Trotz des schönen Wetters waren die Fenster geschlossen. Und die Leute in den Autos machten mir wilde Handzeichen. Sie sahen keineswegs so aus, als wollten sie mich zum Picknick einladen.

Dann erwachte ein Lautsprecher krachend zum Leben, und eine Stimme ertönte. Ertönte? Sie überschlug sich beinahe.

»Zurück zum Auto!« schrie jemand. »Zurück zum Auto!«

Im selben Moment hörte ich ein tiefes, ärgerliches Knurren, daß mir das Herz in die Hose rutschte und sich meine Nackenhaare aufrichteten wie Nadeln auf einem Nadelkissen.

Ein ausgewachsener Löwe schritt langsam auf mich zu.

Ich weiß bis heute nicht, wie ich es fertigbrachte, mir nicht in die Hosen zu machen. Ich konnte nicht glauben, was ich soeben getan hatte. Erst ließ ich mich auf dem Dach eines Landrovers garkochen und geradewegs in den Safari-Park fahren – denn wohin fuhr man auch, wenn man Woburn Abbey besichtigt hatte? –, und dann wartete ich so lange, bis ich endlich im Löwengehege war, um abzuspringen. Hätten es nicht auch die Giraffen sein können? Giraffen waren Vegetarier, der Löwe offensichtlich nicht.

Er knurrte mich mit offenem Maul an. Ich konnte ihm bis in den Rachen sehen. Und genau dort würde ich gleich verschwinden. Der Löwe war ziemlich groß. Allein aus seiner Mähne hätte man zwanzig Wärmflaschenüberzüge machen können. Aber das interessierte mich jetzt nicht so sehr; am meisten interessierten mich seine Zähne: schreckliche scharfe Zähne, die im Sonnenlicht funkelten. Und der Löwe interessierte sich für mich. Seine häßlichen braunen Augen brannten vor Wut. Und Hunger.

Es war wahrscheinlich nicht besonders lustig, Löwe in einem Safari-Park zu sein. Den ganzen Tag sitzt man da und sieht, wie sein Mittagessen in kleinen Blechdosen vorbeifährt. Büchsenfleisch. Nun, dieses eine Mal war das Fleisch aus der Büchse herausgekommen. Und der Löwe wollte sich diesen Festschmaus nicht entgehen lassen.

Ein schwarzer und ein organgefarbener Jeep jagten über die Wiese auf mich zu. Aber sie würden zu spät kommen. Am liebsten hätte ich mich umgedreht und wäre zurückgelaufen. Aber auch das war aussichtslos. Die anderen Autos waren zu weit entfernt. Außerdem hatte ich nur noch Gummi in den Beinen, Gummi, das immer weicher wurde. Der Löwe knurrte wieder, bereit zum Sprung. Und ich stand allein, unbewaffnet.

Unbewaffnet . . .

Plötzlich fiel mir die Schleuder ein, die ich im Bus gefunden hatte. Meine Hand fand irgendwie den Weg in die Tasche und zog sie heraus. Nun brauchte ich nur noch einen Stein, irgendein Geschoß. Aber hier gab es keine Steine, nur Gras und ein paar kleine Zweige. Der

Löwe schob sich vorwärts. Nichts konnte ich entdecken, nicht einmal den klitzekleinsten Kieselstein.

Doch dann erinnerte ich mich an den Karfunkel.

Ich hatte ihn hervorgeholt, noch bevor ich überhaupt wußte, was ich tat. Der Stein glitzerte wunderschön, er war ungefähr so groß wie ein Pingpongball. Aus dem Knurren des Löwen war ein lautes Brüllen geworden. Ich zitterte wie Espenlaub, brachte es aber irgendwie fertig, den Stein einzuspannen. Der Löwe sprang, und ich feuerte. Er brüllte auf, als der Karfunkel ihm in das geöffnete Maul schoß. Im selben Moment warf ich mich zur Seite.

Der Edelstein verschwand im Rachen des Löwen.

Ich rollte mich herum und blickte auf. Der Löwe hatte mich um Haaresbreite verfehlt. Er lag auf dem Rücken, und einen verrückten Augenblick lang erinnerte er mich an Sington und sein Kaugummi. Der Karfunkel steckte in der Luftröhre des Löwen. Er plagte sich wieder auf die Beine und würgte und wimmerte wie eine streunende Katze. Auch ich rappelte mich auf.

Ich hatte noch die Zeit, um zu sehen, wie drei andere Löwen herantrotteten, um nachzuschauen, was ihrem Kumpel passiert war, als der Jeep ankam. Ein Wärter stand mit einem Betäubungsgewehr auf dem Beifahrersitz und zielte. Er feuerte und verfehlte. Im selben Moment spürte ich einen stechenden Schmerz in meinem Oberschenkel, und die Welt um mich begann sich zu drehen.

Mir wurde schwarz vor Augen. Doch bevor endgültig die Lichter ausgingen, begriff ich noch, daß der Wärter sein Ziel gar nicht verfehlt hatte. Er hatte die ganze Zeit mich im Visier gehabt, wohl weil er glaubte, ich wäre gefährlicher als der Löwe.

4 Justizirrtum

Am Ende wurde ich wegen Diebstahls, Körperverletzung, Vandalismus und Tierquälerei angeklagt. Der Löwe überlebte übrigens. Er lag sechs Stunden auf dem Operationstisch, damit der Karfunkel entfernt werden konnte. Pech nur für den Chirurgen, daß er schon nach fünf erwachte.

Mein Fall wurde im Old Bailey verhandelt, Gerichtssaal Nummer drei. Ich erinnere mich noch genau. Er war viel kleiner, als ich ihn mir vorgestellt hatte, ganz mit Holz verkleidet, aber mit Fenstern an der Decke. Es war, als stände man in einer Mischung aus einer Kapelle und einer Squashhalle. Die Geschworenen saßen auf einer Seite, zwölf strenge, aufrechte Herren. Sie mögen zwar aufrecht gesessen haben, dösten aber die meiste Zeit. In der Mitte hockten jede Menge Gerichtsbeamte und andere Rechtsverdreher. In ihren schwarzen Roben mit den weißen Schleifen sahen sie aus wie große, unhandliche Pakete, die man allenfalls mit auf eine Beerdigung genommen hätte.

Für mich hatte man selbstverständlich die Anklagebank reserviert. Zwei Polizisten standen hinter mir, die beinahe in tiefen Schlaf fielen, weil mein Fall sie nicht interessierte. Eigentlich sah niemand sonderlich glücklich aus. Der Staatsanwalt konnte mich nicht ansehen, ohne mit den Zähnen zu knirschen. Der Richter war zu alt, um überhaupt noch Zähne zu haben. Er sah ziemlich zerknirscht aus. Was meinen Verteidiger angeht – nun, er seufzte unaufhörlich vor sich hin und fummelte mit einem Taschentuch an seiner Nase herum. Es hieß, er rieche einen hoffnungslosen Fall zehn Meilen gegen den Wind.

Die Zuschauertribüne war gut gefüllt. Meine Verhaftung hatte in allen Zeitungen auf der ersten Seite gestanden. Eine Menge Reporter waren auch gekommen, sie kritzelten unentwegt in ihre winzigen Notizbücher oder malten Strichmännchen. Ich fand die Sache einfach sterbenslangweilig. Das alles war ungefähr so interessant wie eine Mathematikstunde an einem verregneten Nachmittag. Diese Gerichtstypen schienen eine Stunde für etwas zu brauchen, was Sie und mich vielleicht eine Minute gekostet hätte. Die konnten nicht guten Morgen sagen, ohne ein schriftliches Gutachten des Wetteramtes einzuholen und drei Präzedenzfälle zu zitieren, die ihre Ansicht bestätigten.

Leben kam erst in die Bude, als die Zeugen vernommen wurden. Die Lady aus dem Herrenhaus wurde zuerst aufgerufen. Sie trug eine Halsstütze aus Tweed und dazu passende Armschienen. Sie beschrieb, wie ich sie angegriffen und über den Tisch geworfen hatte, und vergaß nur die Sache mit den Stricknadeln zu erwähnen.

»Was passierte, als Sie über den Tisch geflogen waren?« fragte der Rechtsanwalt.

»Ein alter Herr fiel auf mich.«

»Sie meinen den Marquis von Tavistock.«

»Nein«, sagte sie und rümpfte die Nase, »ein Gemälde.«

Die Zuschauer brachen in Gelächter aus. Der Richter schlug mit dem Hammer auf sein Pult, und nicht zum erstenmal war ich drauf und dran zu rufen: »Verkauft an die Lady mit der Halsstütze und den Stricknadeln.« Doch ich hielt meinen Mund.

»Keine weiteren Fragen«, murmelte der Rechtsanwalt mürrisch.

Die Staatsanwaltschaft rief zwei Wächter und den Ranger aus dem Safari-Park auf. Sie erzählten ungefähr die gleiche Geschichte. Man hätte mich mit dem Karfunkel geschnappt, doch ich wäre entwischt und hätte auf der Flucht beinahe einen Löwen getötet. Am Ende sei ich dann verhaftet worden. Ich war schon froh, daß nicht auch noch der Löwe gegen mich aussagen mußte.

Der letzte Zeuge der Staatsanwaltschaft versetzte mich ziemlich in Erstaunen. Noel Harvey St. John Palis legte den Eid ab und stolzierte in den Zeugenstand. Ich hatte geglaubt, daß er meinem Urteil durch seine Aussage wohl noch ein paar Jährchen hinzufügen würde, wo er mich doch auch in der Schule so wohlwollend beurteilte. Doch er beschrieb mich als einen fleißigen, intelligenten und ehrlichen Jungen. Er erklärte, daß ihn meine Vergehen überrascht hätten. Leider verdarb er alles, indem er hinzufügte, an meiner Schuld gäbe es keinerlei Zweifel.

Dann war die Verteidigung an der Reihe.

Mein Anwalt war ein dünner, grauhaariger Mann namens Garrod. Ein Perry Mason war er nicht gerade. Wir hatten uns kurz vor der Verhandlung getroffen, und ich hatte ihn gefragt, wie er mich aus der Sache rausboxen wollte. Er hatte nur gelacht. Er lachte nicht sehr oft. Man glaubte schon, Spinnweben in seinen Mundwinkeln zu sehen.

»Herausboxen?« fragte er ungläubig. Er sah wirklich nicht wie ein guter Boxer aus. »Ich kann dich nicht herausboxen. Die Beweise sind niederschmetternd. Nichts zu machen.«

»Aber ich wurde aufs Kreuz gelegt.«

»Genau wie die alte Lady im Herrenhaus.« Er wischte sich wieder mit dem Taschentuch übers Gesicht. »Alles, was ich tun kann, ist, den Richter davon zu überzeugen, daß du im Grunde ein netter Junge bist«, sagte er. Er blickte mich an und rümpfte die Nase. »Wird nicht ganz einfach sein, aber es ist ja dein erstes Vergehen. Vielleicht wird er gnädig mit dir umgehen.«

»Wie gnädig?« fragte ich.

Garrod zuckte mit den Achseln. »Gnädige sechs Monate . . .«

»Gefängnis!« Ich starrte ihn an. »Ich gehe nicht ins Gefängnis. Ich bin unschuldig.«

»Natürlich.« Er seufzte. »Bis du schuldig gesprochen wirst.«

Also legte Garrod in aller Ausführlichkeit dar, daß ich trotz meines Vergehens ein netter Junge war. Dazu rief er eine Reihe von Zeugen auf, deren Auswahl allerdings von wenig Sachverstand zeugte. Er erwischte ausnahmslos die falschen. Tante Maureen mit der falschen Hüfte kam als erste dran. Ich hatte sie ein paar Jahre nicht gesehen, und so wie sie im Gerichtssaal redete, würde ich sie auch für die nächsten paar Jahre nicht mehr zu sehen bekommen. Anfangs machte sie ihre Sache noch ganz gut. Sie erzählte Garrod, daß ich sie einmal im Krankenhaus besucht und ihr sogar Blumen mitgebracht hatte, ohne zu erwähnen, daß ich sie vom Nachbarbett geklaut hatte. Doch als sie ins Kreuzverhör genommen wurde . . . nun, es war wirklich ein Kreuz mit meiner Tante Maureen.

»Reden Sie nicht so mit mir!« blaffte sie den Staatsanwalt an. »Ich bin Rentnerin und habe meinen Mann im Krieg verloren.«

»In Frankreich?« wollte der Staatsanwalt wissen.

»In der U-Bahn. Haute ab nach Paddington, der Kerl. Aber eines sage ich Ihnen. Mein kleiner Nick würde jemanden nie nicht aufs Kreuz legen.«

»Einspruch!« rief der Staatsanwalt.

»Quatschen Sie mir nicht dazwischen. Entweder Sie

lassen mich ausreden, oder Sie werden mich kennenlernen.«

Um ihr freundliches Angebot zu bekräftigen, griff Tante Maureen an ihre Hüfte und zog. Ein lautes Klicken folgte, und einen Moment später fuchtelte sie dem Richter mit ihrem falschen Bein vor der Nase herum. Ich stöhnte auf. Ein mittlerer Tumult entstand im Gerichtssaal. Die Presseleute lachten, Tante Maureen wurde von einem Polizisten aus dem Saal gezerrt, wobei sie wild mit ihrer Prothese gestikulierte. Mein Verteidiger saß wie ein Häufchen Elend da und sah teilnahmslos zu, wie mit seinem guten Ruf als Rechtsanwalt kurzer Prozeß gemacht wurde.

Ich dachte, daß die Dinge für mich eigentlich nicht mehr schlechter laufen könnten, schließlich hatte nur Tante Maureen ein falsches Bein, aber dann rief der Gerichtsdiener »Herbert Timothy Simple« auf, und mein Bruder trat ein.

Er trug zu diesem feierlichen Anlaß einen Anzug und eine schwarze Krawatte. Hatte er die nur aus Zufall an, fragte ich mich, oder wußte er schon mehr als ich? Er war der einzige gewesen, der mich seit meiner Verhaftung besucht hatte. Die Polizei hatte ihm berichtet, was passiert war, und unsere Gespräche waren immer irgendwie gleich verlaufen.

»Ich glaube es nicht«, sagte er stets.

»Ich hab's nicht getan«, erwiderte ich jedesmal.

»Ich glaub' dir nicht«, sagte er.

»Du meinst, du glaubst nicht, daß ich nicht getan habe, was du glaubst, daß ich getan habe?«

Er blickte mich nur verständnislos an und spuckte seine Busfahrkarte aus.

Und nun kam er langsam hereingetrottet und sah irgendwie ein bißchen belämmert aus. Aber dann trafen sich unsere Blicke, und er lächelte. Ich sah, daß er zitterte wie ein verängstigtes Schaf. Man konnte beinahe glauben, er wäre angeklagt worden.

Der Gerichtsdiener reichte ihm eine Bibel. Er nahm sie, nickte freundlich und versuchte sie in die Tasche zu stecken. Doch der Gerichtsdiener nahm sie ihm wieder ab. Ich dachte schon, es würde zu einem kleinen Handgemenge kommen, aber dann griff der Richter ein und erklärte, daß Herbert die Bibel nehmen sollte, um seinen Eid abzulegen. Mein großer Bruder errötete.

»Verzeihung, Eurer Hochwürden«, murmelte er.

Der Richter runzelte die Stirn. »Sie können mich mit Euer Ehren anreden«, sagte er.

»O gerne.« Herbert verlor den Faden, noch bevor er richtig angefangen hatte auszusagen. »Entschuldigen Sie. Euer Ehrwürden.«

Der Gerichtsdiener trat vor und versuchte es erneut. »Ich schwöre die Wahrheit zu sagen, und nichts als die Wahrheit«, sagte er.

»Oh, tun Sie das?« erwiderte Herbert.

»Nicht ich – Sie tun das!« Der Gerichtsdiener schloß die Augen.

»Bitte wiederholen Sie die Worte , Mr. Simple«, sagte der Richter seufzend.

Schließlich schaffte Herbert es doch noch, seinen Eid abzulegen, und Garrod stand auf und ging zum Zeugenstand hinüber. Er bewegte sich wie ein alter, angeschlagener Boxer. Herbert lächelte ihn an.

»Sie sind Herbert Timothy Simple?« fragte Garrod.

»Oh – bin ich das?« Herbert wirkte ehrlich erstaunt.

»Sind Sie Herbert Timothy Simple?« wollte der Richter wissen.

»Ja, ja . . . natürlich bin ich das, Euer Denkwürden«, erwiderte Herbert.

Garrod atmete tief durch. »Könnten Sie Ihren Bruder für uns beschreiben?« fragte er.

»Nun, er ist ungefähr einen Meter sechsundfünfzig groß, hat dunkles Haar, ziemlich dünne . . .«

Der Rechtsanwalt begann zu zittern, und ich glaubte schon, er kriegte einen Herzanfall. Seine Wangen waren eingefallen und seine Perücke verrutscht. »Wir wissen, wie er aussieht, Mr. Simple«, wimmerte er. »Wir wollen wissen, was für ein Mensch er ist.«

Herbert dachte eine Minute lang nach.

»Beantworten Sie die Frage!« fuhr ihn der Richter schließlich an.

Herbert fuhr auf. »Ja, Euer Merkwürden«, sagte er. »Nick ist okay. Ich meine, für einen kleinen Bruder. Er ist nur ziemlich unordentlich. So läßt er zum Beispiel in der Küche seine Bücher immer . . .«

»Ihre Küche interessiert uns nicht!« stöhnte Garrod. Er kämpfte mit sich, um seine Fassung zu bewahren, aber diesen Kampf verlor er. »Was wir wissen wollen, ist folgendes: Wäre Ihr Bruder Ihrer Meinung nach fähig, eine alte Lady anzugreifen und einen unbezahlbaren Edelstein zu stehlen?«

Herbert schenkte mir ein breites Grinsen und nickte. »Wäre er dazu fähig. Absolut!«

Garrod hatte schon eine andere Frage stellen wollen, doch nun starrte er Herbert mit offenem Mund an. »Wie können Sie so etwas sagen?« quiekte er. »Er ist Ihr Bruder.«

»Aber Sie haben doch gesagt, ich solle die Wahrheit sagen«, protestierte Herbert. »Die Wahrheit und nichts als die Wahrheit.«

Wieder entstand ein Tumult im Gerichtssaal. Der Richter schlug wieder mit dem Hammer zu. Mit seiner Aussage hatte Herbert mir das Genick gebrochen, aber das war nichts im Vergleich zu dem, was ich ihm brechen würde, wenn ich ihn in die Finger bekam.

Garrod sank auf seinen Stuhl zurück. »Keine weiteren Fragen«, stammelte er.

»Heißt das, ich kann den Zeugenstand verlassen?« fragte Herbert.

Niemand erhob Einwände. Die Verhandlung war jetzt so oder so gelaufen.

Die Geschworenen brauchten fünfundvierzig Sekunden, um ihr Urteil zu fällen. Schuldig, natürlich. Dann wurde es Zeit für den Richterspruch. Der Polizist neben mir versetzte mir einen Stoß, damit ich aufstand. Der Richter blickte mich an.

»Nicholas David Simple«, begann er. »Du bist in allen Punkten für schuldig befunden worden. Es ist nun meine Pflicht, das Urteil zu verkünden.

Dein Verbrechen war ein höchst widerwärtiges, und du bist, wenn ich das sagen darf, ein höchst widerwärtiger Junge. Du hast einen unbezahlbaren Gegenstand gestohlen. Du hast eine alte Lady und einen Löwen gewalttätig angegriffen. Du hast außerdem einen Schaden von einigen Tausend Pfund verursacht. Und wofür? Zweifellos hättest du den Erlös deines Raubes für Rockmusik, Horrorvideos und Schnüffelleim ausgegeben.«

Er rümpfte angewidert die Nase. Dann bog er seine Finger, daß die Knochen knackten.

»Die Gesellschaft muß vor Subjekten wie dir geschützt werden«, fuhr er fort. »Wärest du nicht so jung, wäre die Strafe härter ausgefallen. So verurteilt dich das Gericht zu achtzehn Monaten Haft.« Er schlug wieder mit dem Hammer zu. »Die Verhandlung ist geschlossen.«

Danach ging alles sehr schnell.

Zwei Polizisten zerrten mich aus dem Gerichtssaal eine Unmenge von Treppen hinunter. Mir wurden Handschellen angelegt, und dann führte man mich durch einen Korridor zu einer Tür. Draußen, in einer Tiefgarage, wartete ein Transporter.

»Rein mit dir!« sagte einer der Polizisten.

Auf dem Hinweg, bevor ich verurteilt worden war, hatte es noch ›Junge‹ oder ›Nick‹ geheißen. Eine große Hand packte mich am Kragen. Was völlig überflüssig war, ich wußte längst, daß es mir in den nächsten Wochen an den Kragen gehen würde.

»Ich bin unschuldig«, murmelte ich.

Aber die Polizisten ignorierten mich nicht einmal.

Zwei von ihnen kletterten nach mir in den Transporter. Die Tür wurde geschlossen, und der Wagen fuhr an. Es gab nur ein kleines vergittertes Fenster im Heck. Das Milchglas schien die ganze Welt in Tränen aufzulösen. Wir verließen die Garage. Old Bailey, Holborn . . . ganz London glitt hinter mir vorbei. Die Polizisten sprachen nicht. Einer von ihnen las in einer Zeitung. Mein eigenes Gesicht lächelte mir von der ersten Seite entgegen. Aber jetzt hatte ich nichts mehr zu lachen. Es hatte angefangen zu regnen, und die Tropfen prasselten auf das Dach, als habe jemand einen riesigen Sack Murmeln ausgeschüttet. Der Polizist gähnte und blätterte um. Der lächelnde Nick verschwand.

Wir fuhren etwa eine Stunde in westliche Richtung. Dann wurde der Wagen plötzlich langsamer. Ich sah, wie ein großes Tor sich hinter uns schloß. Der Transporter hielt. Wir waren angekommen.

Das Gefängnis war ein häßlicher viktorianischer Kasten: rostrote Backsteine und ein graues Schieferdach. Umringt war es von einer hohen Mauer mit Wachtürmen an jeder Ecke. Die Wachtürme waren mit dem Gefängnis durch eine Zugbrücke verbunden, die automatisch gesenkt und gehoben werden konnte. Ein Häuschen mit einem großen Fenster befand sich neben dem Tor: Einlaßkontrolle.

Ich wurde durch eine Tür in den einen Flügel des Gefängnisses geführt. Und plötzlich war es, als hätte ich diesen Planeten verlassen. Der Straßenlärm, sogar das Rauschen des Windes wurden hinter mir abgeschnitten. Die Luft roch nach Schweiß und Maschinenöl. Mit lautem Krachen fiel die Tür hinter mir zu.

Der Polizist ging mit mir zu einem Schalter, wo ein Mann in der Uniform eines Wärters auf mich wartete.

»Simple?« fragte der Wärter.

»Das ist er«, sagte der Polizist.

»Okay.«

Die beiden Polizisten verschwanden.

Mir wurde befohlen, meine Taschen zu leeren. Alles, was ich besaß – sogar meine Uhr –, wurde mir abgenommen und in einen Pappkarton gelegt, auf dem mein Name aufgeklebt war. Der Wärter schrieb alles auf einen großen Zettel.

»Zwei Pfund in kleinen Münzen. Einen Kugelschreiber. Eine Kaninchenpfote . . .« Er lächelte vergnügt. »Hat wohl nicht funktioniert, dein Glücksbringer. Eine Tüte Chips, halb leer. Ein Gummiband . . .«

Er ließ mich unterschreiben, und dann forderte er mich auf, mich auszuziehen. Meine Sachen wanderten in einen anderen Karton, und er gab mir statt dessen einen Stoß mit blauem Drillichzeug und weißer Unterwäsche und ein Paar Stiefel.

»Und jetzt gehst du unter die Dusche«, sagte er.

»Aber ich dusche nur an Feiertagen.«

»Du tust, was man dir sagt!«

Ich duschte also. Danach folgte eine medizinische Untersuchung. Ich wurde geknufft, gestochen und geimpft. Dann schnitt man mir das Haar. Und endlich durfte ich mich anziehen. Das Hemd war zu klein und die Stiefel zu groß, aber ich hatte mir schon gedacht, daß man hier modemäßig nicht auf der Höhe war. Schließlich tauchte ein zweiter Wärter auf. An seiner Hose hing eine Kette, die ihm bis zum Knie reichte.

»Hier lang, 95446«, sagte er.

95446 – das war die Nummer, die sie mir auf meine Jacke gestanzt hatten. 95446 – das war ich.

Ich wurde zum Büro des Direktors gebracht, wo ein mittelalter Mann hinter einem mittelalten Pult saß und schrieb. Hinter ihm hing das Porträt der Queen an der Wand. Die Queen im Gefängnis . . .

»Steh aufrecht und mit verschränkten Armen, wenn der Direktor mit dir spricht«, sagte der Wärter.

Ich gehorchte. Der Direktor legte seinen Federhalter beiseite, er sah mich müde an und begann zu sprechen. Er mußte diese Rede wohl schon tausendmal gehalten haben.

»95446«, begann er. »Du bist hier, um deine Schuld an der Gesellschaft zu begleichen. Wie du das machst, ist allein deine Sache. Es gibt den einfachen und den schweren Weg. Wenn du den Anweisungen Folge leistest und keine Schwierigkeiten machst . . .«

Seine Stimme verklang. Ich hörte überhaupt nicht zu. Eigentlich hatte ich nichts wirklich wahrgenommen, seitdem ich hier angkommen war. Ich konnte noch das Zuschlagen einer Tür hören und ganz weit entfernt die Stimme des Richters, die immer wieder sagte: ». . . du gehst für achtzehn Monate ins Gefängnis . . .«

Achtzehn Monate! Ich wäre fünfzehn, wenn ich wieder herauskäme, fast schon im heiratsfähigen Alter.

Ich würde niemals einen Job kriegen und müßte mit Sozialarbeitern Tee trinken. Achtzehn Monate! Ich würde zwei Pokalendspiele verpassen und zweiundsiebzig Folgen von ALF. Und meinen Schulabschluß könnte ich in den Wind schreiben. Achtzehn Monate. Wenn ich für jeden Tag einen Strich an die Wand malte, würden sie wahrscheinlich anbauen müssen.

Ich stand noch immer ganz benommen da, als der Direktor zum Ende kam und ich wieder ins Hauptgebäude geführt wurde. Ich nahm kaum den langen Korridor wahr, der endlos wirkte mit den vielen Zellen zu beiden Seiten. Ich hörte kaum die lauten Schmäh- und Spottrufe der Insassen. Und ich spürte kaum, wie das Drillichzeug an meinen Armen scheuerte und die Stiefel mir Blasen an den Füßen rieben.

Ich kam erst wieder zu mir, als der Wärter mich in eine Zelle schob und die Tür hinter mir zufiel. Die Zelle war vielleicht zwölf Quadratmeter groß. Ehrbare Leute hätten hier nicht einmal ihren Goldhamster einquartiert. Eine kahle Backsteinwand, ein kleines Fenster, zwei Stühle, ein Tisch, eine Waschschüssel, ein Eimer und eine doppelstöckige Pritsche. Eine Gestalt lag auf der unteren Matratze und bedachte mich mit einem schiefen Lächeln.

»Willkommen in Strangeday Hall«, sagte sie. »Ich bin Johnny Powers.«

5 Johnny Powers

»Willkommen in Strangeday Hall. Ich bin Johnny Powers.«

Er hatte die Worte nicht übermäßig freundlich ausgesprochen. Seine Stimme wirkte kalt und irgendwie spöttisch – mit einem leichten irischen Akzent. Mein Zellengenosse setzte sich auf die Bettkante und drehte sich eine Zigarette. Als ich ihn genauer betrachtete, blieb mir fast das Herz stehen. Ich hatte in meinem Leben schon ziemlich viele üble Typen gesehen, aber dieser Kerl hier übertraf alles.

Er war untersetzt und genauso groß wie ich, obgleich er zwei Jahre älter war. Er hatte kleine, häßliche Augen, eine Stupsnase und einen Mund, der immer zu einer Grimasse verzerrt war. Er trug sein Haar geölt und zurückgekämmt. Sein Haaransatz endete kurz vor den Augenbrauen. Seine Haut war blaß und leblos. Vielleicht fürchtete er sich vor Sonnenstrahlen, oder er war schon tot, die Leute hatten nur Angst gehabt, es ihm zu sagen.

Was mir aber vor allem Furcht einflößte, war – seine Alterslosigkeit. Ich wußte, er war fünfzehn, aber er hatte das Gesicht eines Babys. Pausbacken und makellose Zähne. Seine Augenlider hätten mit einem Pinsel angemalt sein können. Doch wenn er lachte, saß plötzlich ein alter Mann da, ein abgefeimter Greis, der es liebte, Leute umzubringen. Ich fragte mich unwillkürlich, wie viele Menschen diese Welt wohl mit seinem spöttischen Grinsen vor Augen verlassen hatten.

Das also war Johnny Powers. Staatsfeind Nummer 1. Er schien den Alpträumen eines Wahnsinnigen entsprungen zu sein.

»Hallo«, sagte ich. »Ich bin Nick Simple.«

»Simple – helles Köpfchen, wie?« Er leckte über sein Zigarettenpapier und rollte es. »Und wieso haben sie dich eingebuchtet?«

»Juwelendiebstahl«, sagte ich. Ich war nicht sonderlich in der Stimmung, ihm was zu erklären. »Die Karfunkel von Woburn.«

»So?« Seine Augen blitzten auf. »Jetzt, wo du es sagst, erinnere ich mich, davon gehört zu haben.« Seine Gesichtszüge verhärteten sich augenblicklich. »Aber bevor du auf irgendwelche komischen Gedanken kommst, Sonny: Ich bin hier die Nummer eins in diesem Laden. Du machst, was ich sage, oder du kannst auf den Friedhof umsiedeln.«

»Natürlich. Völlig in Ordnung.«

Was hätte ich auch sagen sollen. Powers hatte hier offensichtlich das Sagen, und ich mußte zuhören. Aber genau deshalb war ich ja hergekommen. Und ich wollte verdammt gut zuhören.

Ich warf meine Habseligkeiten auf die obere Pritsche. »Was passierte mit deinem letzten Zellengenosse?« fragte ich.

Powers grinste verschlagen. »Er und ich kamen nicht so gut miteinander aus«, sagte er. »Eines Nachts sprang er aus dem Fenster.«

Ich blickte zum Fenster. »Aber es ist vergittert.«

»Was du nicht sagst. Er verließ die Zelle in Einzelteilen.« Powers schob sich die Zigarette in den Mundwinkel. »Vielleicht habe ich auch ein wenig nachgeholfen. Falls du weißt, was ich meine.« Er kicherte. »Wenn du also Hilfe brauchst, frag mich ruhig.«

»Werd' ich machen«, sagte ich.

Ein Glocke schrillte, und die Zellentür ging auf. Ich blickte auf meine Armbanduhr, erinnerte mich, daß sie ja nicht mehr da war, und ging hinter Powers hinaus.

Überall auf dem Korridor und dem darüber kamen die Insassen aus ihren Zellen. Sie trugen alle die gleiche Uniform, dieses Drillichzeug, das auch ich anhatte. Keiner von ihnen war über sechzehn. Keiner von ihnen lachte. Es mußten über dreihundert von ihnen sein. Dreihundert von uns. Ich mußte mich daran erinnern, daß ich zu ihnen gehörte . . . für die nächsten achtzehn Monate.

Wir marschierten durch eine Tür in einen großen Saal, wo in zwei langen Reihen Tische standen. Erhöht, auf einer Art Balkon, saßen bewaffnete Wärter und beobachteten uns. Ein Schild hing an der Wand: ›Den Inhaftierten ist es strengstens verboten, während der Mahlzeiten Gespräche zu führen.‹ Wenige Augenblicke später bekam ich meine erste Kost- oder besser Kotzprobe vom Gefängnisessen. Wir stellten uns an einer Durchreiche auf, wo man uns einen Eintopf, verkochte Kartoffeln und Kohl sowie Pflaumen mit Vanillesoße gab. Hätte man die Augen geschlossen, hätte man nicht gewußt, was was war. Ich hatte keine Ahnung, welches Tier wohl in den Eintopf gewandert sein mochte; ich wußte nur, es hatte viel Fett, wenig Fleisch und ein paar nette Krankheiten.

Niemand sagte ein Wort. Für zehn Minuten war nur das Klappern der Löffel und Gabeln auf dem Blechgeschirr zu hören. Ich kriegte keinen Bissen herunter. Meinen Appetit mußte ich wohl im Gerichtssaal gelassen haben; da saß er auf der Anklagebank und träumte von Hamburgern. Dann schrillte wieder die Glocke, und wir brachten unseren Teller zur Durchreiche zurück. Ich hatte gerade meinen Löffel abgegeben, als es im Lautsprecher knackte und eine Stimme rief: »95446 Simple in den Besucherraum.«

Powers stand rechts neben mir. »Also was sagt man

dazu«, flüsterte er, »keine fünf Minuten hier und schon Besuch.«

Ein Wärter tauchte auf und führte mich zurück durch die Tür, einen Korridor entlang, die Treppe hinauf in einen anderen Raum.

»Bist du endlich da, wo du hingehörst«, sagte Chef-Inspektor Snape.

Natürlich hatte ich erwartet, sie früher oder später hier zu sehen. Snape hatte von Anfang an hinter der ganzen Sache gesteckt. Er hatte mich gebeten, die Zelle mit Powers zu teilen, und als ich mich weigerte, hatte er nach einem anderen Weg gesucht und ihn auch gefunden. Er mußte von dem Schulausflug nach Woburn Abbey erfahren haben. Und irgendwie war es ihm gelungen, die Touristen zurückzuhalten, so daß ich für einen Moment allein mit den Karfunkeln im Großen Salon war. Zuvor hatte einer seiner Männer mir den Stein zugesteckt, und ein anderer zerschlug wenig später die Vitrine. Und ich hatte ihm bei allem mehr oder weniger in die Hände gespielt – zumindest in die Handschellen.

Und hier war er also, saß am Tisch und rauchte. Boyle stand hinter ihm und grinste mich an, als habe er gerade den besten Witz seines Lebens gehört. Nur, daß ich dieser Witz war. Von mir allerdings würden sie kein Sterbenswörtchen hören. Sollten sie ruhig in der Klemme sitzen.

»Setz dich zu mir, Sonny«, sagte Snape.

»Snape«, erwiderte ich, »Sie mieser Polyp.«

Eigentlich sagte ich etwas anders, aber wenn ich Ihnen sage was, kriegt der Verlag Ärger mit dem Jugendschutz.

»Nimm Platz«, sagte er wieder. »Ich verstehe ja, wenn du dich ein wenig aufgeregt hast, aber . . .«

»Ich und mich aufgeregt haben?« Ich schrie ihn beinahe an. »Was meinen Sie mit ›aufgeregt‹? Man hat mich ins Gefängnis gesteckt. Ich hab' achtzehn Monate gekriegt. Achtzehn Monate! Ich bin schon froh, wenn ich es hier achtzehn Minuten aushalte. Ich teile die Zelle mit einem Verrückten. Wissen Sie, was er mit seinem letzten Zellengenossen gemacht hat? Ja? Bei dem regt sich nichts mehr, nicht mal der kleine Finger.«

Er wartete, bis ich fertig war, dann deutete er auf einen Stuhl. Boyle nickte und grinste immer noch. Kraftlos setzte ich mich.

»Die Sache muß erledigt werden«, sagte Snape.

»Erledigt werden«, blökte Boyle.

»Powers könnte unsere einzige Chance sein, an Fence heranzukommen. Ich sagte dir ja schon, ich muß ihn finden.«

»Und ich sagte Ihnen, meine Antwort ist nein.« Ich seufzte. »Sie hätten sich einen anderen suchen können, der das für Sie erledigt.«

Snape schüttelte den Kopf. »Es gab niemanden, nur dich, Nick. Du bist dreizehn und nicht auf den Kopf gefallen. Das hast du in dieser Malteser-Sache bewiesen. Das Problem ist nur, daß wir nicht viel Zeit haben.«

»Zeit?« Ich hätte beinahe lauthals gelacht. »Nun, ich habe ziemlich viel Zeit. Genau achtzehn Monate . . .«

Snape schüttelte wieder den Kopf. »Leider nicht, Nick. Ich habe gerade die letzten psychiatrischen Gutachten über Powers gelesen.«

»Und was sagen die Psychiater?«

»Sie sagen gar nichts. Sie fürchten sich, zu ihm in die Zelle zu gehen und sich ihm zu nähern. Er ist gewalttätig, mordlüstern . . .«

»Was Sie nicht sagen.«

». . . und sein Zustand wird immer schlimmer. Eines Tages könnte er völlig durchdrehen. Und dann kann er uns nichts mehr nutzen. Ein Hohlkopf . . .«

»Verstehe Ihr Problem nicht«, sagte ich. »Mit Boyle schienen Sie doch prima auszukommen.«

Endlich verlosch das Lächeln auf Boyles Gesicht. Mit ausgestreckten Händen torkelte er auf mich zu.

»Nicht jetzt, Boyle.« Snape seufzte.

»Ich bringe ihn um.«

»Nein!«

»Ich werd' sagen, es war ein Unfall«, wimmerte Boyle. »Er wollte sich einer Verhaftung widersetzen.«

»Wie soll er sich einer Verhaftung widersetzen, wenn er längst im Knast sitzt?«

Darauf wußte Boyle keine Antwort. Eingeschnappt verzog er sich in eine Ecke.

»Wer, sagten Sie, sei gewalttätig und mordlüstern?« fragte ich.

Snape warf seinem Assistenten einen düsteren Blick zu und wandte sich dann wieder an mich. »Du mußt den Namen aus Powers herauskriegen, während er noch bei Verstand ist«, sagte er. »Ein einziger Name. Mehr wollen wir nicht.«

»Und was ist, wenn ich mich weigere?«

Er zuckte mit den Achseln. »Dann bleibst du noch genau siebzehn Monate und dreißig Tage hier.«

»Aber . . .«

»Kein Aber.« Snape lehnte sich über den Tisch. »Es gibt nur zwei Leute auf der Welt, die wissen, daß du die Woburn-Karfunkel nicht gestohlen hast: Boyle und ich.«

»Was ist mit den Wachmännern?«

»An die kommst du nicht heran. Wir haben dich hier reingebracht, und wir holen dich auch wieder raus. Aber wenn du nicht mit uns zusammenarbeiten willst . . .« Er ließ den Satz in der Luft hängen, und ich hätte ihn gern in der Luft zerrissen.

Ich stand auf.

»Fence«, sagte ich.

»Mach dich an Powers heran . . .«

»Heranmachen?« schrie ich. »Wenn ich mich noch mehr an ihn heranmache, kann ich gleich zu ihm unter die Bettdecke kriechen.« Ich atmete tief durch. Snape hatte mich kleingekriegt, und er wußte es. »Okay«, sagte ich. »Sie haben gewonnen. Ich werde herausfinden, was Sie wissen wollen. Aber wenn Sie mich dann nicht herausholen . . .«

»Ist schon in Ordnung.« Snapes Gesicht wurde wieder ein Land des Lächelns. Er griff in seine Tasche und zog etwas heraus. »Eine Tüte Gummibären«, sagte er. »Haben Boyle und ich dir mitgebracht.«

»Freiheit für die Gummibären«, sagte ich grimmig und riß die Tüte auf.

Powers wartete auf mich, als ich in die Zelle zurückkehrte. Er drehte sich gerade eine Zigarette. Er rauchte sie nie, drehte sie nur.

»Wer war's denn?« fragte er.

»Die Bullen«, sagte ich. Auf dem Weg zurück hatte ich mir eine Antwort zurechtgelegt. »Sieht aus, als hätte ich die alte Lady etwas härter getroffen, als ich gedacht hatte. Könnte sein, daß sie abtrippelt.«

»Abtrippelt?«

»Ich meine . . . abnippelt.« Der Ganovenslang war mir noch etwas fremd. Ich setzte mich an den Tisch und zuckte mit den Achseln. »Schätze, sie wollten mir nur Angst einjagen.«

Es war das erste Mal, daß ich Johnny Powers anlog, aber er schien es zu riechen, wie ein junger Hund Blut riecht. Er blickte mich argwöhnisch an. Die Haut straffte sich unter seinen Augen. Aber er sagte nichts. Noch nicht. Wenig später ging das Licht aus. Niemand kam, der mir Gute Nacht sagte; niemand kam, der meine Decke glattstrich. Plötzlich war es dunkel. Das war alles.

Meine erste Nacht in Strangeday Hall. Ich zog mich aus und kletterte auf meine Pritsche. Die Decke fühlte sich an, als wäre sie aus Holzwolle gesteppt. Das Kissen war so weich wie ein Pappkarton. Silbernes Mondlicht fiel durch das Fenster und warf kleine helle Karos an die Wand – das Muster des Gitters vor dem Fenster. Irgendwo in der Ferne hörte ich das Dröhnen eines Flugzeuges am Himmel.

Ich lag ungefähr eine Stunde wach. Ich konnte nicht schlafen. Es gab nur einen Ausweg aus dem Schlamassel, und je eher ich anfing, desto besser. Zum tausendsten Male verfluchte ich Snape. Dann öffnete ich die Augen.

»Powers?« sagte ich.

»Was iss?« Er klang genauso wach wie ich.

»Ich wollte nur sagen . . . ich finde dich echt stark. Ich habe alles über dich in der Zeitung gelesen. Ich habe immer gehofft, ich würde dich einmal treffen.«

»Was du nicht sagst.« Er klang nicht so, als glaubte er mir. Seine Stimme war kalt und leer.

Ich schluckte und fuhr fort. »Als ich den Edelstein geklaut habe . . . da hatte ich eine Schleuder bei mir, so wie du und deine Bande.«

»Wir haben nie Schleudern gehabt.«

»Ich weiß, Powers, aber eine Schrotflinte konnte ich mir nicht leisten. Darum habe ich ja den Diamanten gestohlen. Wenn du bei mir gewesen wärst, hätte die Sache bestimmt geklappt, und du hättest den Stein verkaufen können. Der war ein nettes Sümmchen wert. Ich hätte gar nicht gewußt, wie ich ihn losgeworden wäre. Was hättest du gemacht, Powers?«

Ein langes Schweigen folgte. Ich hatte ihn nicht

aufstehen gehört. Aber plötzlich beugte er sich über mich, sein Kopf dicht über meinem. Mondlicht tanzte in seinen Augen.

»Hör zu, Simple«, sagte er. »Ich kenne dich nicht, und ich weiß nicht, ob ich dir trauen kann. Vielleicht bist du 'ne ehrliche Haut; wenn nicht, werde ich sie dir über die Ohren ziehen. Kapiert?«

Er blickte mich an. Irgendwie sah er wie ein Chorknabe aus, aber wie einer, der die Kirche eher ansteckte, als in ihr zu singen.

»Wenn ich dir einen guten Rat geben darf«, sagte er. »Mach es wie eine alte Tür.«

»Wie eine alte Tür?«

»Halt dich geschlossen.«

Dann war er verschwunden. Ich drehte mich um und schloß die Augen. Die Sonne war schon aufgegangen, als ich endlich einschlief.

6 Drinnen . . .

Drei Wochen, nachdem ich in Strangeday Hall angekommen war, schickte mir Herbert einen Kuchen. Er hatte ihn selbst gemacht – mit Eiern, Mehl, Zucker, etwas Ingwer und einem Elektrobohrer. Den Bohrer hatte er in der Mitte versteckt. Ich schätze, so sah seine Vorstellung einer großen Flucht aus. Dabei hätte er sein Spatzenhirn gar nicht so anzustrengen brauchen. Einen Bohrer in einem Kuchen zu verstecken war keine schlechte Idee. Aber er hätte ihn hineingeben müssen, nachdem er den Kuchen gebacken hatte. Als er fertig aus dem Ofen kam, war soviel Kuchen im Bohrer wie Bohrer im Kuchen. Außerdem hatte er vergessen, den Stecker beizulegen.

Auf jeden Fall war es der beste Witz seit einem Monat. Ich war von den größten Halunken und Halsabschneidern des Landes umgeben, Kerlen, die einem schon den Arm brachen, wenn man sie nur schief ansah. Und das waren nur die Wärter. Die meisten Häftlinge waren ganz okay, nur mit einem Taschendieb bekam ich Ärger. Ich hatte zwar kein Geld, aber er klaute mir die Taschen.

Was kann man über das Leben in Strangeday Hall sagen? Nun, die Tage dehnten sich wie ein altes, klebriges Kaugummi. Strangeday Hall war die einzige Anstalt ihrer Art – und es war einfach unvergleichlich. Unvergleichlich schrecklich.

Aufstehen um sechs. Lauwarme Duschen oder kalte, wenn irgendein Laumeier vergessen hatte, das heiße Wasser anzustellen. Frühstück: ein Becher Tee, zwei Scheiben Brot und eine Portion Porridge. Dann Arbeit bis zum Mittagessen. Es gab zwei Werkstätten in der Anstalt. In der einen wurden Postsäcke genäht. Ich wurde in die zweite gesteckt, Puppen für Wohltätigkeitsbasare basteln. Ich habe bestimmt Hunderte zusammengebaut. Schon nach einer Woche konnte ich keine Puppen mehr sehen. Wenn Sie einmal eine Puppe mit zwei kaputten Kniegelenken und den Initialen NDS auf dem Rücken sehen, wissen Sie also, wer das war.

Mittagessen gab es um zwölf, Magenschmerzen um halb eins. Dann hatten wir zwei Stunden Freigang. Sport wurde in Strangeday Hall großgeschrieben, aber beileibe nicht alle Sportarten. Geländelauf zum Beispiel war gestrichen worden, als ein Team bei den letzten Gefängnismeisterschaften bis nach Skandinavien kam. Also drehten wir für gewöhnlich im Hof unsere Runden, wenn nicht einer der Wärter uns so drillte, daß unser Drillichzeug in Fetzen hing.

Dann gab es noch die große Attraktion: Fußball.

Ich schaute mir nur einmal ein Spiel an. Irgendeine Londoner Schule – Westminster oder Eton – schickte eine Mannschaft, um gegen uns ein Freundschaftsspiel auszutragen. Jedenfalls glaubten sie das. Als sie aus dem Bus stiegen, lächelten sie noch. Dann hielt der Schiedsrichter eine ergreifende Rede über Fairneß und Sportsgeist, nur daß ihm dabei irgendein unsportlicher Geist die Pfeife klaute. Aber das war erst der Anfang.

Nach zwei Minuten schlug unser Vorstopper ihren Rechtsaußen nieder. Bei Halbzeit hatten wir ihre Stürmer mehrmals über die Klinge springen lassen und ihre Verteidiger umgesäbelt. Und unser Kapitän hatte versucht, ihren Torwart zu erpressen. Dann riß sich irgendwer den Ball unter den Nagel. Wir gewannen 6:0. Niemand aber hatte gezählt, wie viele ihrer Leute vom Platz getragen werden mußten.

Nun, nach den Leibesübungen pflegte die Gripsgymnastik zu kommen. Strangeday Hall besaß das einzige Klassenzimmer, das ich jemals gesehen habe, in dem die

Kreide an der Tafel angebunden war und die Lehrer von Schäferhunden bewacht wurden. Wahrscheinlich hatten die Hunde einen höheren IQ als die meisten Schüler.

Bis Tea-time wurden wir in unsere Zellen gesperrt. Abendessen gab es um halb sieben, und um zehn ging das Licht aus. Ein Tag im Leben eines Galgenvogels. Und ich schwöre Ihnen, hätte ich lebenslänglich gekriegt, hätte ich es keinen Tag hier ausgehalten.

Aber ich hatte ja einen Blankoschein für meine Entlassung: Johnny Powers. Doch wenn Sie glauben, daß ich nach drei Wochen mit ihm in einer Zelle auch nur ein kleines Stück weitergekommen wäre, haben Sie sich getäuscht. Er war so mißtrauisch wie eine Natter in einer Handtaschenfabrik und zweimal so giftig. Ich machte auf hartgesottener Typ, der etwas von ihm lernen wollte. Doch alles, was ich wollte, war ein Name: Fence. Und alles, was ich kriegte, waren höhnische Bemerkungen.

Zu allem Überfluß baute Powers immer mehr ab. Immer öfter bekam er seine Kopfschmerzen. In einem Moment saß er da und nahm ein gutes Buch auseinander, im nächsten hielt er sich den Kopf und stöhnte und schwitzte. Ich bot ihm Aspirin an, aber er ignorierte mich völlig. Dann fand ich das mit seiner Mutter heraus. Er mochte seine Großmutter zwar in ein arabisches Salzbergwerk verkauft haben, seine Mutter aber liebte er abgöttisch. Er rief oft nach ihr. Und Stunden später, wenn die Kopfschmerzen vergangen, sie aber nicht gekommen war, hockte er in sich zusammengesunken da und nuckelte an seinem Daumen. Ich konnte sehen, was Snape gemeint hatte. Powers brauchte bald eine neue Jacke, eine mit Ärmeln, die man auf dem Rücken zuband. Noch ein paar Wochen, und er würde ein neues Domizil mit Gummiwänden beziehen. Doch wo bliebe ich dann?

Alles änderte sich eines Nachmittags. Ich glaube, es war ein Dienstag, aber alle Tage im Gefängnis gleichen sich irgendwie, daher weiß ich es nicht mehr so genau. Ich war zum Putzdienst eingeteilt und hatte die Küche, den Speisesaal und zwei Korridore gesäubert. Sie waren immer noch ziemlich schmutzig, aber in Strangeday Hall wurde man den Schmutz nicht los, man konnte ihn immer nur etwas gleichmäßiger verteilen. Es war schon ziemlich spät, und ich dachte, ich wäre fertig, als einer dieser Knallköpfe von Wärter auf mich zukam. Er hieß Walsh, aber wir nannten ihn nur ›Wiesel‹, weil er ein mageres Gesicht hatte, eine spitze Nase und einen dünnen Schnurrbart. Er mochte mich nicht, aber eigentlich mochte er niemanden.

»Fertig, 95446?« fragte er.

»Ja, Sir.« Ich lächelte ihn an. »Warum nennen Sie mich nicht einfach 954? Ist kürzer und klingt besser.«

Er starrte mich an, sein linkes Auge zuckte. »Willst du dich über mich lustigmachen, 95446?« fragte er.

»Keineswegs, Sir.«

»Geh und säubere die Duschräume. Ich will, daß sie wie geleckt aussehen.«

»Leck mich . . .«

»Sagtest du etwas, 95446?«

»Nein, Mr. Walsh.«

Gefängniswärter und Lehrer haben irgendwie eine Menge gemeinsam.

Es muß ungefähr halb fünf gewesen sein, als ich über den Hof zu den Duschen ging, die sich in einem kleineren Gebäude auf der andere Seite befanden. Alle anderen Häftlinge waren jetzt entweder in dem einzigen Klassenzimmer oder eingesperrt in ihren Zellen. Über mir blickten die Wächter aus ihren Metalltürmen herunter und fuchtelten mit ihren automatischen Gewehren herum, als sei ich eine Ente in freier Wildbahn. Brenn' dem Simple eins über und gewinne einen Goldfisch. Ich schaute zu ihnen hinauf und winkte. Irgend jemand telefonierte mit der Zentralüberwachung, und einen Moment später öffnete sich die Tür zu den Duschen.

Ein Flugzeug dröhnte gerade vorüber. Unsere einzige Verbindung mit der Außenwelt, und die meisten von uns wären froh gewesen, wenn sie die auch noch losgeworden wären. Nur ein Typ in einer Nachbarzelle hatte sich eine Lebensaufgabe daraus gemacht, die Flugzeuge zu studieren – im wahrsten Sinne des Wortes, er hatte lebenslänglich gekriegt. Er hatte seine Schule angezündet und vorher noch die Feuermelder im Lehrerzimmer zerstört. Nun egal, jedenfalls konnte er jedes Flugzeug am Geräusch erkennen. Den ganzen Tag hockte er in seiner Zelle, starrte zur Decke und flüsterte es jedem zu, der es hören wollte oder nicht.

»Vier vierundzwanzig, KLM Tri-star nach Amsterdam. Vier dreißig, Singapore Airlines nach Singapur. Vier neununddreißig, British Airways Concorde nach New York . . .«

Armer Kerl. Er hatte nur Flugzeuge im Kopf, und einige hatten dort schon eine ziemliche Bruchlandung gebaut. Ein Jahr noch, und er würde abstürzen.

Ich betrat die Duschen. Die Tür führte in einen weißgefliesten Raum mit Kleiderhaken und Bänken, wo wir uns umzogen. Von dort erstreckte sich ein langer Korridor mit Duschkabinen an beiden Seiten. Die Kabinen hatten keine Vorhänge. So etwas wie eine Privatsphäre gab es in Strangeday Hall nicht. Vielleicht hatte sie irgendwann jemand geklaut. Die Duschen wurden durch drei große Hähne reguliert, die in einem Gewirr aus Rohren, Ventilen und Anzeigern angebracht waren, das sich direkt neben den Umkleiden befand. Das ganze System mußte schon unmodern gewesen sein, als man es gebaut hatte, und das war ein paar Tage vor Queen Victoria.

Ich hatte geglaubt, ich wäre allein, aber nach zwei Schritten hörte ich durch das Tröpfeln von Wasser leise, bedrohliche Stimmen. Vorsichtig setzte ich Eimer und Mop ab und schob mich vorwärts. Irgend etwas an den Stimmen gefiel mir nicht, obwohl ich nicht verstehen konnte, was sie sagten. Eigentlich sollte um diese Zeit niemand in den Duschen sein. Wenn sie es am späten Nachmittag geschafft hatten, sich fortzuschleichen, dann sicher nicht, um zu duschen.

Ich erreichte den Korridor und schlüpfte hinter die erste Trennwand, neben den Absperrhähnen. Von hier hatte ich einen besseren Überblick. Meine Wange gegen das kalte Metall gepreßt, spähte ich um die Ecke. Was ich sah, übertraf alle meine Erwartungen, und das will in Strangeday Hall etwas heißen.

Johnny Powers lag zusammengesunken an der Wand. In dem Halbdunkel war es schwer auszumachen, aber ich hätte schwören können, daß er gerade eine Tracht Prügel bezogen hatte. Er saß da wie eine kaputte Puppe. Zwar hatte ihm niemand seine Initialen in den Rücken gestanzt, aber seine Nase blutete, und seine öligen Haare hingen ihm im Gesicht. Drei Typen standen um ihn herum. Ich erkannte sie sofort, obschon sie mir den Rücken zugewandt hatten. Und mir stockte der Atem.

Der größte von ihnen war Mark White – drei Jahre wegen bewaffneten Raubüberfalls. Der krummste Typ im ganzen Knast: krumme Schultern, krumme Hüfte, krumme Nase. Abgesehen von einer Hasenscharte sah er ganz gut aus; fast wie ein männliches Model, aber so, als hätte ihn jemand aus einem Magazin herausgerissen und ihm ein wenig die Visage zerknitttert. Er war total abgebrüht. Ein anderer Mark stand neben ihm – Mark Hards: zwei Jahre für den Diebstahl von Katzen. Er klaute immer nur Katzen. Er war klein, hatte fettige Haare und kaute ständig Katzenzungen, daß man kaum verstand, was er sagte, aber meistens wollte man das auch gar nicht. Ich weiß nicht, weshalb man den dritten Typ eingebuchtet hatte. Er trug den unwahrscheinlichen Namen Zuckie Hommel. Er war blond und häßlich. Irgend jemand hatte mir einmal erzählt, er hätte seinen Zahnarzt ermordet. Hätte ich solche Zähne gehabt wie er, dann hätte ich das wahrscheinlich auch getan.

»Warum schreist du nicht um Hilfe, Johnny?« fragte White. Ich konnte sie jetzt ziemlich gut verstehen. »Vielleicht hört dich einer der Wärter.«

»Ich brauche keine Hilfe von keinem.« Powers spuckte Blut.

»Verpaß ihm eins«, zischte Hommel. »Worauf wartest du noch?«

»Ja, worauf wartest du?« Powers kicherte. »Du bist ein Hasenfuß mit Hasenscharte.«

White drehte sich zur Seite. Jetzt erst sah ich, was er in der Hand hielt. Ich konnte es nicht glauben. Jeder Gefangene in Strangeday Hall besaß irgendeine Waffe, einen selbstgefertigten Dolch oder so etwas. Aber White hatte etwas viel Besseres. Irgendwie hatte er sich einen Revolver beschafft. Und den hielt er Powers unter die blutende Nase.

»Gleich bekommst du 'ne Ladung, Johnny«, sagte er. »Wart's ab.« Ich richtete die Augen zur Decke. »Schätze, du hast noch zwei Minuten.«

Zwei Minuten. Meine Gedanken routierten. Was würde in zwei Minuten passieren? Dann fiel es mir ein. Vier Uhr neununddreißig. British Airways Concorde nach New York. Die lauteste Maschine von allen. Wenn sie vorbeiflog, konnte man sein eigenes Wort nicht mehr verstehen. Ihr Donnern übertönte alles. Es würde auch einen Schuß übertönen. Der ideale Moment, um Johnny Powers fertigzumachen.

Wenn es jemand anders gewesen wäre, hätte ich mich wahrscheinlich klammheimlich wieder verzogen. Es ging mich nichts an, wer wen wie wann erschoß. Aber hier ging es um Powers. Wenn er starb, war ich erledigt. Würde Snape sich erweichen lassen und mich hier rausholen, wenn er erfahren würde, daß Powers sein Geheimnis mit ins Grab genommen hatte? Irgendwie zweifelte ich dran. Ich würde weitere siebzehn Monate Staatspension genießen mit einer hübschen Vorstrafe danach. Ich hatte keine andere Wahl. Ich mußte Powers hier herausholen – lebendig.

Ich blickte mich um, ohne irgendeine Ahnung, was ich eigentlich zu finden erwartete. Ein automatisches Gewehr, das einer der Aufseher zufällig stehen gelassen hatte. Wenn ja, hatte ich kein Glück. Alles, was ich entdeckte, waren ein zerrissener Schnürsenkel und ein altes Handtuch, das in einer Wasserlache lag.

»Zwei Minuten noch, Powers«, sagte White. »Hast du noch einen letzten Wunsch?«

»Ja, fall tot um.« Das war typisch Powers. Wenn er sich im Radio etwas hätte wünschen können, wäre es wahrscheinlich ein Trauermarsch gewesen.

Als mein Blick wieder auf das Handtuch fiel, kam mir plötzlich eine Idee. So leise wie ich konnte schlich ich zu den viktorianischen Rohrleitungen hinüber und betrachtete sie mir genauer. Drei Hähne – einer für heißes Wasser, einer für kaltes, und der dritte regulierte den Wasserdruck. Dazu ein Manometergehäuse, in das die Leitungen hinein- und hinausführten, mit einem Druckanzeiger mit einem großen roten Feld. Ich vermutete, daß das ganze System noch nie bei vollem Druck gelaufen war. Wahrscheinlich würde es schlicht und einfach in die Luft gehen.

Nun, es gab immer ein erstes Mal . . .

Ich berührte einen der Hähne. Das Metall fühlte sich kalt und feucht an. Ich hoffte, daß er nicht quietschen würde, als ich den Hahn aufdrehte. Ein lautes Brodeln erklang. Die Rohre schienen einen Hustenanfall zu kriegen, und Wasser plätscherte heraus.

»Was ist das?« fragte Hards. Er hatte es auch gehört. Nun, er hätte Bohnen in den Ohren haben müssen, um dieses Plätschern zu überhören.

»Nichts«, sagte White, und ich atmete auf. »Nur die Wasserleitungen.«

Ich drehte den Hahn weiter auf, genau zwei Umdrehungen, bis er ganz geöffnet war. In den Leitungen blubberte und gurgelte es wie verrückt. Ich blickte auf den Druckanzeiger. Die Nagel war wie der Taktstock eines Dirigenten nach oben gesprungen. Sie stand bereits senkrecht und begann sich dem roten Bereich zu nähern.

»Bist du sicher?« fragte Hards. Er hatte eine ziemlich häßlich klingende Stimme.

»Geh und schau nach, bevor du dir vor Schiß in die Hosen machst«, sagte White.

»Ich möchte dich was fragen«, sagte Powers plötzlich.

Wußte er auf einmal, daß ich da war? Vermutete er etwas? Oder hatte er mich vielleicht gesehen? Er war der einzige, der zur Tür blickte. Nun, jedenfalls war er schlau genug, sie abzulenken. Wenn ihm das nicht gelungen wäre, hätten sie mich wahrscheinlich gefunden und uns beiden ein nettes, kleines Einschußloch verpaßt.

»Schieß los!« sagte White mit dem Schießeisen in der Hand.

»Wer hat dich angestiftet?« wollte Powers wissen. »Wer hat dir die Kanone besorgt? Interessiert mich.«

»Was glaubst du, wer?« fragte White. Eine Pause entstand. »Okay, ich werd's dir verraten. Es war Big Ed.«

»Big Ed?«

»Ja. Er dachte, wäre Zeit, daß du deine letzte Vorstellung gibst. Leiche im fünften Akt. Du verstehst, was ich meine?«

»Big Ed also«, murmelte Powers.

»White . . .«, fing Hards wieder an.

Aber dann hielt er inne. Ich konnte ein anderes Geräusch hören, das noch lauter war als die Wasserleitungen. Die Concorde war pünktlich. Allmählich wurde es eng für Johnny Powers.

»Das ist sie ja«, sagte White grinsend. »Zeit für dein letztes Gebet, Johnny.«

Ich griff nach dem Handtuch, nahm es und wickelte es um den heißen Absperrhahn. Selbst durch den Stoff konnte ich das glühende Metall fühlen. Für gewöhnlich waren die Duschen lauwarm, doch jetzt kochten sie. Ich blickte auf den Druckanzeiger. Die Nadel war am Ende des roten Feldes angelangt. Die Concorde kam näher. Aus dem Pfeifen der Triebwerke war ein Dröhnen geworden. Gleich würde der Lärm ohrenbetäubend sein. Mit dem Handtuch packte ich den Absperrhahn und drehte ihn so schnell auf, wie ich konnte. Dann geschah alles gleichzeitig.

Ein lautes, bedrohliches Zischen erklang, als das Wasser durch die Rohre jagte. Überall gingen die Duschen an, und kochendheißes Wasser schoß heraus. In den Leitungen ratterte und bebte es, als versuchten sie sich selbst aus den Wänden zu reißen. Schlagartig erfüllte Dampf den Raum, ein undurchdringlicher Nebel.

»Was ist . . .«, begann White.

Dann flog eine der Duschen in die Luft. Das Endstück schoß durch den Raum wie eine Pistolenkugel. Wasser und Dampf brausten in einem Strahl heraus. Die Concorde war nun genau über uns. Das ganze Gebäude bebte. Dann erklang ein Schuß. Aber selbst auf diese kurze Entfernung hörte ich ihn kaum. Eine zweite Dusche hielt dem Druck nicht mehr stand und explodierte. Zuckie Hommel schrie auf. Sein Gesicht verschwand in einem Schwall von heißem Dampf.

Ich hatte mir das Handtuch ums Gesicht gewickelt und versuchte, auf Knien unter den Dampfschwaden hindurch zu kriechen. Ich konnte nichts sehen und kaum etwas hören. Die Rohre dröhnten gegen die Wände, als steckte in ihnen ein riesiger Poltergeist. Eine dritte Dusche explodierte. Siedendheißes Wasser schoß mir über den Rücken.

»Johnny!« schrie ich. Meine Stimme wurde durch das Handtuch gedämpft. Niemand antwortete, und ich dachte schon, er wäre erschossen worden. Dann hörte ich einen dumpfen Faustschlag, und eine Gestalt flog durch den Nebel, krachte gegen eine Duschabtrennung und fiel neben mir zu Boden. Es war White. Sah aus, als hätte ihn irgendwer in diesem Glutofen kaltgemacht. Sein Revolver war auch weg.

Dann taumelte jemand gebückt durch den Dampf: Johnny Powers. Wie durch ein Wunder schien er sich nicht einmal verletzt zu haben.

»Gute Arbeit, Sonny«, sagte er. Seine Augen glänzten, und er lachte. Ich konnte nichts erwidern. Offenbar hatte Powers an diesem Dampfbad richtigen Mordsspaß.

Alles war genauso schnell vorbei, wie es begonnen hatte.

Die Concorde flog vorüber und zog ihr Dröhnen hinter sich her. In den Leitungen keuchte und ruckte es, dann trat Stille ein, als der Druck abfiel. Kaltes Wasser klatschte auf den Betonboden. Irgendwo in dem Nebel stöhnte Hard. White und Hommel gaben keinen Laut von sich; von ihnen waren nur die vagen Umrisse im Dunst zu erkennen. Powers und ich krochen zur Tür und standen auf. Ich war sogar geistesgegenwärtig genug, um meinen Eimer und den Mop mitzunehmen. Ich gab Powers den Mop. Zusammen gingen wir über den Hof zurück zur Anstalt. Keiner der Wärter machte Anstalten, uns aufzuhalten.

Später erfuhren wir, daß White und Hards einen Verweis wegen mutwilligen Zerstörens der Duschanlagen erhalten hatten. Beide gingen einen Monat in Einzelhaft und verloren alle ihre Vergünstigungen. Für Hommel endete die Sache im Gefängnishospital. Er war sowieso nicht gerade eine Schönheit gewesen, aber nach diesem tückischen Dampfbad wäre der einzige Job, den er noch kriegen konnte, eine Rolle in einem Horrorfilm gewesen. Powers und ich wurden befragt, was wir mit der Sache zu tun hatten, aber wir machten einen auf ahnungslos. Und White flickte lieber wieder Postsäcke zusammen als uns was ans Zeug.

In der Nacht, als wir wieder in unserer Zelle hockten, fragte mich Powers, warum ich ihn gerettet hatte.

»Ich hab's dir doch schon gesagt.« Ich zuckte die Schultern und tat, als wäre das alles keine große Sache gewesen. »Ich finde dich einfach klasse. Ich konnte nicht zulassen, daß diese Kerle dich mit Blei vollpumpen.«

Powers stand auf und reichte mir die Hand. Ich ergriff sie, und ich hatte noch fünf gesunde Finger, als er sie wieder losließ. »Du bist in Ordnung«, sagte er. »Ein echter Kumpel.«

Das war fast so, als hätte er ›danke‹ gesagt. Ich war sehr mit mir zufrieden, als ich schlafen ging. Ich war sein

Freund geworden, genauso wie Snape es gewollt hatte. Also konnte es nur noch eine Frage der Zeit sein, wann ich aus Strangeday Hall rauskam.

Es war tatsächlich nur eine Frage der Zeit – obwohl die Dinge sich ganz und gar nicht so entwickelten, wie ich es erwartet hatte. Aber wann haben sie das jemals getan?

7 . . . draußen!

Einen Tag nach dem Anschlag in den Duschen bekam Powers einen Brief. Wir kriegten zweimal in der Woche unsere Post, aber erst nachdem der Direktor sie zensiert hatte. Wenn ihm ein Satz nicht gefiel, nahm er einfach eine Schere und schnitt ihn heraus. Einmal bekam ich von Herbert einen Brief, der mir unter den Händen zerfledderte. Er begann mit ›Lieber Nick‹ und endete mit ›Dein großer Bruder Tim‹. Der Rest bestand aus Löchern, außer dem einen Wort ›Pfau‹, das ich auf einem Schnipsel in einer Ecke des Umschlags fand. Was mir immerhin sagte, daß er immer noch nach der verschollenen Ming-Vase suchte. Wenn nicht das Wunder eingetreten war, daß er sie mittlerweile gefunden hatte.

Der Brief, den man Powers aushändigte, war ganz geblieben. Er las ihn dreimal, wobei er sich anscheinend auf jedes Wort konzentrierte. Dann schritt er eine Stunde lang in der Zelle auf und ab. Mittlerweile kannte ich ihn gut genug, um keine Fragen zu stellen. Wenn Powers mir irgend etwas sagen wollte, würde er das von sich aus tun. Schließlich drehte er sich um und ging zum Tisch.

»Ich werde hier abhauen«, sagte er.

»Abhauen, Johnny?« Ich wußte nicht, was ich sagen sollte. »Wie willst du das machen?«

»Lies!« Er drückte mir den Brief in die Hand.

Und ich las.

Lieber Johnny,

Burt und Ireen haben geheiratet. Zogen ein wirklich dolles Fest beim lieben Ollie auf. Onkel Jeff trank leider eine Flasche Tequilla zuviel. Und ist nun ganz

schlimm krank. Aber Arzt und Schwestern sagten, er käme wohl ohne eine Magenoperation davon.
Mike hat seinen alten, olivgrünen Schrott-Ford verkauft. Ohne Auto rennt er todtraurig herum. Nur der alte Kumpel Charlie will helfen.
Ich hoffe, Du arbeitest tüchtig, und ich schicke Dir ein Päckchen.
Deine Ma

Als ich den Brief gelesen hatte, blickte ich auf. Powers starrte mich an und wartete darauf, daß ich etwas sagte. »Gute Idee, ein Päckchen zu schicken«, sagte ich.

»Klar.«

»Das mit deinem Onkel Jeff tut mir leid. Ist vielleicht alles nicht so schlimm.«

»Ich habe keinen Onkel Jeff!« Er schnappte sich den Brief und breitete ihn auf dem Tisch aus. »Du kapierst nicht«, fuhr er fort. »Ma und ich haben einen Geheimcode.«

Ich las den Brief noch einmal, konnte aber keinen Code entdecken.

Powers fuhr mit seinem Daumen über die Zeilen. »Nimm alle zwei Worte den ersten Buchstaben. Dann kriegst du die Botschaft heraus.«

Ich las den Brief zum dritten Mal. Und kapierte endlich.

BIG ED BOOTET UNS AUS. KOMM SOFORT NACH HAUSE.

»Big Ed«, murmelte ich. Ich hatte den Namen am Tag zuvor noch gehört. Big Ed hieß der Kerl, der White und die anderen losgeschickt hatte, um mit Powers abzurechnen.

»Man kann London in vier Gebiete einteilen«, erklärte Powers. »Norden, Süden, Osten und Westen. Eine Bande für jedes Gebiet . . . wir haben da eine Art feste Abmachung. Der Osten gehörte mir, bis man mich hier eingebuchtet hat. Dann hat meine Ma die Sache übernommen. Meine Ma ist klasse, absolute Spitze.

Big Ed kümmert sich um den Süden. Was mir recht war. Doch nun wird er ein bißchen übermütig. Denkt, jetzt, wo ich hier festsitze, könnte er sich mein Gebiet an Land ziehen. Am besten wäre es natürlich für ihn, wenn ich ganz von der Bildfläche verschwinden würde. Darum hat er mir seine Jungs auf den Hals gehetzt und versucht, Ma umzubringen.«

Powers schwieg einen Moment, und ich war erstaunt, eine dicke Träne seine bleichen Chorknabenwangen herunterrollen zu sehen.

»Du kennst sie nicht«, fuhr er fort. »Meine Ma ist eine Mordsfrau, die noch jeden umhaut. Und wie sie kochen kann! Niemand macht Moussaka so wie sie – heiß und mit geschmolzenem Käse obendrauf. Letzten Februar schickte sie mir eine.«

»Du meinst die Sankt Valentins-Moussaka?« fragte ich.

»Genau die, aber meine Ma ist eine alte Frau. Allein kann sie gegen Ed nichts ausrichten. Sie braucht mich, darum hat sie mir diesen Brief geschrieben.«

Er stand auf und ging zur Tür. Einen Moment lauschte er angestrengt. Zufrieden, daß niemand auf dem Gang war, kehrte er zum Tisch zurück.

»Ich breche aus«, sagte er leise. »Und du kommst mit.«

»Astrein«, sagte ich. Reiner Blödsinn, dachte ich.

»Wir werden das Ding zusammen schaukeln.«

Mir wurde schon schwindelig, wenn ich nur daran dachte. »Wann und wie?« fragte ich.

»Überlaß mir die Sache, Sonny.«

Und das war alles, was er sagen wollte.

Eine weitere Woche verging. Ich baute weiter Puppen zusammen, wusch Teller ab, schrubbte Flure, drehte meine Runden im Hof und pennte im Klassenraum. Einmal erfuhr ich, daß man Hommel Haftverschonung gewährt und ihn aus dem Krankenhaus entlassen hatte. Nur die Hälfte seines Gesichtes hatte man einbehalten und gegen ein Stück Plastik ausgetauscht. Powers sprach kaum, aber zweimal besuchte ihn sein Anwalt. Mit einem verschwörerischen Grinsen und einem häßlichen Glanz in den Augen kehrte Powers von jedem dieser Besuche in unsere Zelle zurück. Irgendwie hatte ich nicht das Gefühl, daß sie nur über das Wetter geplauscht hatten.

Eines Freitagmorgens, sechs Wochen nach meiner Ankunft in Strangeday Hall, spitzte sich die Sache zu. Freitags gab es immer zwei Besuchszeiten – eine morgens, eine nachmittags. Powers kriegte von irgendeiner Mieze Besuch, die sich als seine Kusine ausgab. Nun, wenn sie eine Verwandte von ihm war, dann war ich der Nickolaus. Mit vor Aufregung roten Wangen und irgendwie verärgert kam er zurück.

Er wartete, bis er sicher war, daß uns niemand hörte, dann flüsterte er: »Die Sache läuft. Heute nacht machen wir die Biege.«

»Heute nacht?«

»Ja, Sonny, aber es gibt ein Problem.« Er schlug sich die rechte Faust in die linke Hand. »Nathan der Weiße«, zischte er.

»Was ist mit ihm?«

»Er war als Fahrer vorgesehen. Er ist krank, hat 'ne Fleischvergiftung.« Powers trat wütend gegen die Wand. »Ich werde Hackfleisch aus ihm machen . . .«

»Können wir nicht warten, bis es ihm besser geht?« fragte ich.

»Wir können nicht warten. Alles ist arrangiert. Wir machen es heute nacht.« Er dachte eine Minute nach. »Warte mal«, sagte er. »Hast du nicht gesagt, dein Bruder will dich heute nachmittag besuchen?«

»Ja.«

»Kann er Auto fahren?«

»Ja, aber . . .«

»Prima.« Powers rieb sich die Hände. »Sag ihm, er soll heute abend um elf am Terminal zwei in der Abflughalle von Heathrow sein.«

»Heathrow?« Ich starrte ihn an. »Hauen wir mit einem Flugzeug ab?«

»Wart's ab.« Powers griente verschlagen. »Sorge nur dafür, daß er da ist.«

»Aber Johnny«, stammelte ich. »Mein Bruder Herbert ist nicht gerade . . .«

Weiter kam ich nicht. Plötzlich verlosch sein Lächeln, und Wahnsinn blitzte wieder in seinen Augen. »Er ist dein Bruder, und er kann Auto fahren. Alles andere ist unwichtig. Also laß mich nicht hängen, Sonny, ich zähle auf deine Hilfe.«

Ich hätte ihm sagen können, daß wir von allen guten Geistern verlassen waren, wenn wir uns auf Herbert verließen. Ich hätte erwähnen können, daß mein schlauer Bruder einen seiner Fahrlehrer umgemäht und seinen Führerschein erst bei der sechsten Prüfung bekommen hatte. Ich hätte noch hinzufügen können, daß er zu ängstlich war, um im Parkverbot zu parken, geschweige denn ein paar Galgenvögeln bei der Flucht zu helfen. Aber Johnny zählte auf mich. Wenn ich nicht tat, was er sagte, waren meine Tage gezählt.

»Ich werde ihn fragen«, sagte ich.

»Klar, Sonny, aber sei nett zu ihm. Und sag ihm, wenn er sich weigert . . .« Powers grinste ». . . wird er demnächst in einem Leichenwagen spazierenfahren.«

Der Besucherraum der Anstalt war lang und schmal, geteilt in zwei Hälften wie ein Spiegelbild. Eine Reihe von Tischen, die wie Ping-Pong-Platten aussahen, stand in der Mitte. Statt Netzen hatten sie Gitter. Zwei Türen führten in den Raum, eine für Insassen und eine für Besucher. Die Häftlinge saßen an einem Ende des Tisches, die Besucher am anderen. Es war nicht erlaubt, irgend etwas über das Gitter zu reichen; man durfte sich nicht einmal die Hände schütteln. Zwei Aufseher lungerten die ganze Zeit im Raum herum und paßten auf, was man redete.

Mein Problem war, daß ich Herbert irgendwie sagen mußte, er solle am Abend in Heathrow sein, ohne ihm den Grund zu nennen. Ich wußte, er würde Einwände machen – und zwar ziemlich lautstarke. Und wenn die Wachen etwas mitkriegten, ging die ganze Chose in die Hose.

Er saß schon da, als ich hereinkam. Es war sein erster Besuch, und er glotzte mich an, als hätte er mich noch nie gesehen. Vielleicht lag es an meiner besonderes Kluft, dem blauen Drillichzeug mit dem eingestanzten Namen, daß er so erstaunt war. Aber was hatte er erwartet? Daß ich im Maßanzug mit Schirm, Charme und Melone auftauchte? Ich setzte mich, und eine ganze Weile sagte keiner von uns ein Wort. Schließlich lockerte Herbert seine Krawatte und seinen Hemdkragen.

»Ist wie im Gefängnis hier«, sagte er.

»Es ist ein Gefängnis, Herbert«, erinnerte ich ihn.

»O ja . . . richtig.« Er lächelte unsicher. »Wie geht es dir?«

»Gut«, entgegnete ich.

»Gut.«

Wieder schwiegen wir. Herbert waren offenbar die Worte ausgegangen. Nun, er hatte noch nie einen Knast-Bruder gehabt, und natürlich wußte er nicht, daß ich unschuldig war. Er zog eine Packung Kaugummi heraus und hielt sie mir hin.

»Es ist nicht gestattet, etwas über den Tisch zu reichen«, sagte einer der Aufseher.

»Dann vielleicht unter dem Tisch?« fragte Herbert.

»Gar nicht«, erwiderte der Wärter bestimmt.

Herbert zuckte die Achseln, nahm selbst ein Kaugummi und warf es sich in den Mund. Es traf ihn im Auge. Ich seufzte. »Wie geht's Mum und Dad?« fragte ich.

»Ich hab' sie in Australien angerufen«, sagte Herbert. »Sie haben nicht gerade Freudentänze aufgeführt, als sie die Neuigkeit hörten. Mum bekam einen Anfall, und Dad hat mich enterbt.«

Wieder schwiegen wir. Soviel also zum Thema: Die Familie muß zusammenhalten.

Herbert blickte auf seine Uhr. »Muß gleich gehen«, sagte er.

»Guckst du dir immer noch so gerne Flugzeuge an, Herbert?« platzte es aus mir heraus.

»Flugzeuge angucken?« Er blickte mich an, als wäre ich verrückt geworden.

»Ja.« Einer der Wärter hörte uns erstaunt zu. Ich lächelte ihn an. »Es gibt Leute, die schauen sich gerne Züge an«, sagte ich, »und andere wie mein Bruder gucken sich jedes Flugzeug an.«

»Aber . . .« begann Herbert.

»Wann hast du eigentlich das letzte Mal einen Jumbo gesehen?« Ich grinste ihn an, als wäre ich wirklich verrückt geworden. Der Aufseher blickte in eine andere Richtung. Ich blinzelte Herbert zu. »Hast du nicht eben gesagt, du wolltest heute abend nach Heathrow fahren? Zum Terminal zwei in der Abflughalle?«

Wieder blinzelte ich ihm zu. »Hast du etwas im Auge?« fragte er.

»Ja«, sagte ich lachend. »Wenn du heute abend um elf zum Terminal zwei kommst, kannst du mir vielleicht ein wenig Salbe mitbringen.«

»Aber Nick . . .«

Ich wußte mir keinen anderen Rat mehr. Ich streckte die Beine aus und trat ihn so fest, wie ich konnte. Zu fest. Er schrie auf. Sofort stürmten die Wärter heran.

»Was ist los?« fragte einer von ihnen.

»Gar nichts«, entgegnete ich. »Mein Bruder wollte mir nur vormachen, wie eine 747 startet und landet . . .«

»Mein Fuß«, stöhnte Herbert.

». . . leider hat er dabei vergessen, sein Fahrgestell rechtzeitig einzuziehen.«

Jeder im Raum starrte mittlerweile zu uns herüber. Die Wärter schüttelten den Kopf. »Besuchszeit ist um«, rief einer von ihnen.

Ich stand auf und folgte den anderen Häftlingen durch die Tür. Herbert blieb sitzen, rieb sich seinen Knöchel und blickte mir mit offenem Mund nach. Ich hatte ihm ganz schön eine verpaßt. Ich hoffte nur, er verpatzte die ganze Sache nicht.

Wenn man im Gefängnis sitzt, vergeht die Zeit quälend langsam. Aber der Rest des Nachmittags schleppte sich dahin wie ein Eskimo durch die Wüste. Endlich sank die

Sonne hinter die Gefängnismauern, und es wurde dunkel. Johnny Powers hatte kaum ein Wort gesprochen, seit ich aus dem Besucherraum zurückgekehrt war. Ich hatte ihm gesagt, daß Herbert die Sache kapiert hatte und kommen würde.

»Okay, Sonny. Um zwölf hauen wir ab.«

Er sprach, ohne die Lippen zu bewegen, und ich dachte, er wäre ein verdammt guter Bauchredner, und jetzt, da er auch Herbert auf seiner Liste hatte, brauchte er nicht einmal mehr eine Strohpuppe.

Würde Herbert kommen? Diese Frage stellte ich mir immer wieder. Was würde geschehen, wenn nicht? Darüber dachte ich nicht so gerne nach. Ich sah mich schon als mittelgroßen Fettfleck auf dem Gefängnishof. Wenn die Wärter mich nicht erwischten, Powers würde ich nicht entkommen.

Wir gingen zum Abendessen. ich kriegte kaum etwas herunter. Dann kehrten wir in unsere Zelle zurück und wurden eingeschlossen. Powers döste. Ich lag auf meiner Pritsche und machte in Gedanken mein Testament. Herbert würde ich meine Bücher und Platten und meine alte Briefmarkensammlung vermachen. Snape und Boyle bekamen meine australischen Unterhosen. *Um zwölf hauen wir ab.* Wie wollte Powers wissen, wann es zwölf war? Wir hatten keine Uhr. Was plante er überhaupt? Wenigstens vier verschlossene Türen lagen zwischen uns und dem Haupttor. Die Mauer war zu hoch, um hinaufzuklettern und auf der anderen Seite hinunterzuspringen. Außerdem hockten Tag und Nacht Wärter in den Metalltürmen.

Ein Flugzeug rauschte durch den Nachthimmel. Powers schlug die Augen auf.

Er sagte nichts. Er rollte sich herum und griff unter seine Matratze. Einen Moment später stand er auf. Kaltes

Mondlicht spielte über sein Gesicht. Seine Augen waren schwarz, seine Wangen fahl. Im Licht des Mondes schimmerte der Revolver, den er plötzlich in der Hand hielt. Die Kanone aus dem Duschraum. Er war erst fünfzehn, aber er sah aus, als wäre er längst tot. Eine alte Figur aus einem dieser alten Gangsterfilme.

Er drehte sich zu mir um.

»Es ist zwölf Uhr, Sonny«, sagte er. »Zeit zu gehen.«

8 Mauersegler

»Was sollen wir tun, Johnny?«

»Hau dich auf deine Pritsche. Leg die Hand auf deinen Bauch und fang an zu stöhnen«, sagte er.

Ich zögerte eine halbe Sekunde, lange genug, daß er sich umdrehte und zischte: »Nun mach schon!« Also kletterte ich hinauf, rollte mich wie ein Ball zusammen und stöhnte, als wäre mir übel. Was auch stimmte. Ich fühle mich immer irgendwie mies, wenn ich mich fürchte, aber jetzt war ich fast verrückt vor Angst. Ich wußte nun, was Powers vorhatte. Er war auch verrückt, allerdings nicht vor Angst.

Er blickte mich an, blinzelte mir zu und begann, gegen die Tür zu hämmern. Ich hörte, wie Schritte durch den Gang hallten. »Wache!« schrie Powers. »Wache!« Einer der Häftlinge schrie etwas, und plötzlich klirrte ein Schlüsselbund, und die Tür schwang auf. Ich stöhnte lauter. Powers wich einen Schritt zurück.

Walsh hatte heute nacht Dienst. Aus den Augenwinkeln konnte ich sehen, wie er umrahmt von gelbem Licht in der Tür stand. »Was ist los, 00666?« fragte er.

»Es geht um Sonny«, sagte Powers. »Er ist krank.«

Nach der Sache mit den Duschen traute Walsh uns nicht mehr über den Weg. Einen Moment dachte ich, er ginge wieder. Ich gab ein entsetzliches Stöhnen von mir und schüttelte mich. Einen Oscar hätte ich für diese Vorführung nicht bekommen, aber Walsh hieß Jim, und ihn überzeugte ich. Er ging an Powers vorbei in die Zelle und stellte sich neben meine Pritsche. Powers machte mir ein Zeichen, als er sich langsam zur Tür schob. Ich verstand sofort, ich sollte Walsh ablenken.

»Ich bin krank«, flüsterte ich. »Hab' was Falsches gegessen.«

»Seit wann fühlst du dich krank?« fragte Walsh.

»Seit ich Schüttelfrost habe.«

»Und seit wann hast du Schüttelfrost?«

»Seit ich Magenschmerzen habe.«

»Und seit wann hast du Magenschmerzen?«

»Seit ich was Falsches gegessen habe.«

Walsh stöhnte auf, und ich stöhnte auf. Aber wenigstens hatte Powers auf den Gang spähen und abchecken können, ob die Luft rein war. Als Walsh sich wieder aufrichtete, kam er heran. Plötzlich hatte Walsh einen Revolver im Nacken. Powers stand hinter ihm und fauchte wie eine wild gewordene Katze.

»Wiesel Walsh«, zischte er. »Eine falsche Bewegung, und ich putze dir dein Spatzenhirn weg.«

»Powers!« Walsh wurde kreidebleich. »Hast du den Verstand verloren?«

»Klar.« Powers grinste. »Und niemand kann ihn wiederfinden, nicht einmal meine Ärzte. Auf jeden Fall kriege ich von der gesiebten Luft hier Kopfschmerzen. Deshalb wirst du mir zu unbefristetem Ausgang verhelfen.« Er deutete mit dem Kopf zur Tür. »Sieh nach, Sonny«, sagte er. Ich ging hinüber und spähte hinaus. Der enge Korridor schien sich in der Unendlichkeit zu verlieren. Die trüben gelben Lampen warfen schwache Lichtkegel auf den Boden.

»Alles in Ordnung, Johnny«, sagte ich.

»Dann laß uns abhauen!« Powers schob Walsh vorwärts. »Irgendein krummes Ding, Wiesel, und ich knall dich ab.«

Wir schritten auf den Korridor hinaus. Es ist irgendwie merkwürdig mit Gefängnissen. Nach einiger Zeit hat man sich daran gewöhnt, daß man eingesperrt ist. Ich fand es ziemlich komisch, mitten in der Nacht nicht in meiner Zelle zu sein. Die Stille lastete auf meinen Schultern, und die Schatten schienen nach mir zu greifen. Alles war irgendwie zu groß. Ich hörte mein Herz schlagen, und das Haar klebte mir schweißnaß an der Stirn. Ich wollte zurück. Ich wollte, daß sich meine Zellentür wieder mit einem lauten Krachen hinter mir schloß. Nun wußte ich, wie sich unser Goldhamster immer gefühlt hatte, wenn er am Weihnachtsabend unterm Tannenbaum spazierengehen durfte.

Vier Türen standen zwischen uns und dem Haupttor. Wir erreichten die vierte, ohne entdeckt zu werden. Walsh hatte die ersten drei geöffnet und keinerlei Mätzchen versucht. Aber als er den Schlüssel in die vierte Tür steckte, schrillten die Alarmanlagan los, und die Welt stand plötzlich kopf.

Wir waren eine Menge Treppen hinaufgestiegen und schon ziemlich weit oben. Und wir waren draußen. Die kalte Nachtluft schoß mir ins Gesicht. Überall kreischten die Alarmsirenen. Irgend jemand schaltete einen Suchscheinwerfer ein. Ein riesiger Lichtkegel glitt über den Hof, irrte über die Mauern und zählte die Steine. Dann traf er uns. Augenblicklich war ich völlig blind. Eine schrille, gleißende Blindheit. Ich glaubte zu stürzen, doch Powers mußte mich gepackt haben, denn ich fühlte, wie ich zurückgezogen wurde und meine Schulter gegen die Mauer hinter mir krachte.

Die vierte Tür führte nirgendwo hin. Wir befanden uns auf einer Plattform, ungefähr auf Höhe der Gefängnismauer. Uns direkt gegenüber lag einer der Wachtürme. Hinter dem gleißenden Vorhang aus Licht konnte ich die Silhouetten zweier Wärter ausmachen. Sie richteten irgendeinen länglichen Gegenstand auf uns. Wahrscheinlich kein Teleskop. Ich wartete auf das Knallen eines Gewehres, das mir einen Freifahrtschein in die Hölle bescheren würde.

Aber es kam nicht. Statt dessen hörte das Schrillen der Sirenen auf. Plötzlich trat Stille ein, nur ein paar Leute riefen sich etwas zu. Ungefähr ein halbes Dutzend Aufseher liefen in den Hof, um Jagd auf Schatten zu machen. Ich blickte Powers an. Hatte er irgendeine Idee, wie wir hier herauskommen sollten? Er hatte gesagt, Herbert solle zum Flughafen kommen. Ich suchte den Nachthimmel ab und erwartete beinahe schon, einen Helikopter zu sehen. Aber das wäre verrückt. Außerdem hatte Powers einen Fahrer gebraucht, keinen Piloten. Was also würde als nächstes passieren?

»Hört zu!« schrie Powers. »Wenn ihr tut, was ich sage, wird niemandem auch nur ein Haar gekrümmt.«

»Schmeiß die Waffe weg und gib auf, Powers!« Ich weiß nicht, wer das sagte. Es war nur eine Stimme aus der Dunkelheit.

»Ich hab' nichts zu verlieren«, rief Powers zurück. »Wenn ihr meine Anweisungen nicht befolgt, lernt euer Freund Wiesel fliegen.« Er schob Walsh zum Rand der Plattform. Ich mußte mir eingestehen, daß Powers wußte, was er tat. Wenn irgend jemand ihm eine Kugel verpaßte, könnten sie Walsh vom Gefängnishof aufkratzen. »Laßt die Zugbrücke herunter!« schrie Powers. »Und zwar dalli.«

Die Brücke hatte ich vollkommen vergessen. Jeder Wachturm war durch eine Metallbrücke mit dem Gefängnis verbunden, die automatisch gehoben und gesenkt werden konnte. Darum auch hatte Powers nicht den Weg über den Hof gewählt. Aber würden sie die Brücke herunterlassen? Ich hatte mich die Frage noch nicht zu Ende gefragt, da ertönte ein Summen, und ein Schatten näherte sich mir durch den Lichtkegel. So lange Powers

Walsh in der Gewalt hatte, hielt er einen Joker in der Hand.

Die Zugbrücke verband sich mit der Plattform. Ich blickte Powers an. Er grinste von einem Ohr zum anderen, wie ein Kind, dem man einen Lolli geschenkt hatte.

»Okay«, schrie er den beiden Aufsehern im Turm zu. »Laßt eure Waffen fallen und kommt rüber zu uns. Aber hübsch langsam. Und keine faulen Tricks.«

Die Wärter folgten seinen Anweisungen, und eine halbe Minute später standen wir zu fünft auf der Plattform. Es wurde allmählich eng.

»So kommst du uns nicht davon, Powers«, sagte einer von ihnen.

»Nein? Werdet es sehen. Komm, Sonny . . .«

Nun, ich fand es wirklich nett, daß sich jemand an mich erinnerte. Bis jetzt schien niemandem aufgefallen zu sein, daß ich auch mit von der Partie war. Walsh zwischen uns schritten wir zum Wachturm hinüber und gingen hinein.

»Heb die Brücke an!« zischte Powers.

Walsh legte einen Hebel um. Die Brücke schwang hoch.

Da standen wir also, abgeschnitten in einem Wachturm, hinter uns die Mauer, auf die ein kleines Fenster hinauswies. Aber wir waren noch immer im Gefängnis. Wenn wir aus dem Fenster springen würden, könnten wir von Glück reden, wenn wir uns nur ein Bein brachen. Abhauen hätten wir auch dann nicht können. Es war ein lockerer 10-Meter-Sprung auf eine Betonstraße.

»Du kannst hier nicht runterspringen, Powers«, sagte Walsh und gab damit genau meine Gedanken wieder.

»Bist du sicher?« Powers blickte in meine Richtung. »Siehst du etwas, Sonny?«

Ich schaute aus dem Fenster. Tatsächlich, etwas kam die Straße herunter. Ich hatte so ein Gefährt noch nie gesehen. Kein Auto, kein Lastwagen, sondern ein länglicher, eckiger Kasten, der fünf Meter über dem Boden schwebte. Er wurde von hydraulischen Armen gehalten, und irgendwo ganz unten waren die Räder. Vier Matten lagen auf dem Dach. Das Ungetüm fuhr mit ungefähr fünfzehn Meilen. Es steuerte geradewegs auf uns zu.

»Es kommt, Johnny«, sagte ich, ohne genau zu wissen, was dieses ›Es‹ eigentlich war.

»Ich hab' noch was für dich, Wiesel«, knurrte Powers. Er drehte blitzschnell den Revolver in seiner Hand, und bevor ich noch reagieren konnte, hatte er Walsh ein Ding verpaßt.

Ich war erleichtert, als ich sah, daß er noch atmete. Ich mochte ihn zwar nicht besonders, aber er war auch nur ein Wärter, der seine Pflicht tat.

Ich ging zum Fenster zurück. Das Ungetüm kam immer näher. »Springen wir?« fragte ich.

»Du hast den Nagel auf den Kopf getroffen«, sagte Powers.

Ich warf einen letzten Blick auf Walsh. »Und du hast das Wiesel auf den Kopf getroffen«, murmelte ich.

Wir kletterten aus dem Fenster und hingen ein paar schreckliche Augenblicke dort. Im Gefängnis war alles still. Niemand konnte uns sehen. Vielleicht hatten sie auch noch nicht begriffen, was wir vorhatten. Der Lastwagen, oder was immer es war, schwenkte zu uns herum, ohne seine Geschwindigkeit zu vermindern. Je näher das Gefährt herankam, desto schneller kam es mir vor. Wer immer auch am Steuer saß, fahren konnte er das Ding jedenfalls nicht. Es raste im Zickzack heran und krachte gegen die Bordsteinkanten. Einmal brach es seitlich aus, und ich fürchtete schon, es könnte uns verpassen. Aber dann schwenkte es zurück.

»Jetzt!« schrie Powers.

Wir sprangen.

Es war ein ziemlich tiefer Fall, und ich fühlte mich schon wie Alice auf ihrer Reise ins Wunderland. Ich hörte das Dröhnen des Motors. Dann schlug ich auf die Matte. Ich rollte herum, kroch zu einem Handgriff und schaffte es irgendwie, mich festzuhalten. Es war eine ziemliche Bauchlandung geworden. Ich hatte zwar keine Knochen ge-, dafür aber fast das Mittagessen erbrochen.

Powers war neben mir. »Gehen wir rein«, sagte er.

Die Plattform fuhr immer noch Zickzack. Nicht gerade mit halsbrecherischem Tempo – wenn man nicht herunterfiel. Den Fahrtwind in den Haaren kroch ich über das Dach. Irgendwo am Ende lag eine Öffnung, aus der Licht fiel. Die Räder tief unten streiften wieder eine Bordsteinkante, und eine Mülltonne flog scheppernd die Straße hinunter. Mit den Zähnen knirschend hielt ich mich an einer Ecke fest. Einen Moment baumelte ich über der Straße, die hinter mir davonflog. Dann packten mich ein paar starke Arme. Ich wurde hineingezogen und stürzte zu Boden. Ich stand auf und schaute mich um. Jetzt erst begriff ich, auf was für einem Vehikel ich gelandet war.

Wenn Sie schon einmal auf einem Flughafen waren, kennen Sie so ein Gefährt womöglich. Stellen Sie sich einen normalen Flughafenbus vor, nur mit sehr viel mehr Sitzen und Neonleuchten. Dann denken Sie sich noch hydraulische Arme zwischen den Rädern und dem Fahrgestell dazu. Wenn Sie an dem Ausgang eines Flugzeuges stehen, befinden Sie sich ungefähr fünf

Meter über dem Boden. Doch Sie brauchen keine Treppe. Der Fahrer parkt seinen Hub-Bus einfach neben das Flugzeug, drückt auf einen Knopf, und schon hebt sich das ganze Ding bis zu Ihnen. Sie steigen ein, und dann senkt sich der Kasten wieder auf die Räder. Schließlich werden Sie zur Ankunftshalle gefahren und dort wohlbehalten ankommen – vorausgesetzt, Ihr Fahrer heißt nicht Herbert Timothy Simple.

Aber unser Fahrer hieß Herbert Timothy Simple und war mein Bruder. Ich konnte ihn am anderen Ende des Busses in einem kleinen Führerhaus sitzen sehen, umgeben von unzähligen Schaltern und Hebeln. Er gab sehr sonderbare Geräusche von sich, quiekte und wimmerte bei jeder Drehung des Lenkrads.

»Johnny, mein Junge!« rief eine Stimme hinter mir.

Ich wandte mich um. Powers war mir ins Innere des Busses gefolgt, und nun blickte er den Mann an, der uns hineingezogen hatte. Nur daß es gar kein Mann war. Es war eine Frau. Und ich mußte mich nicht fragen, wer sie war.

Ma Powers. Johnny's Mutter.

Auf den ersten Blick sah sie aus wie eine ganz gewöhnliche Mutter. Sie war ungefähr fünfzig, trug einen schlichten schwarzen Rock, eine dazu passende Jacke und eine gelbe Bluse. Ihr Haar war grau und wurde fast ganz von einem schwarzen Samthut verdeckt. Ihr Make-up bestand aus dunkelrotem Lippenstift. Als einzigen Schmuck trug sie einfache goldene Ohrringe und eine Brosche aus Kamee.

Aber im Gegensatz zu den meisten anderen Müttern trug sie auch noch eine Maschinenpistole, den Lauf schräg über der Brust. Je genauer ich sie betrachtete, desto weniger mochte ich sie. Ihre Augen glichen wie die von Johnny zwei Einschußlöchern in einer Kühlschranktür. Sie hatte ein hageres, verwittertes Gesicht, und wenn ich verwittert sage, denke ich an Schneestürme und Orkanböen. Ihre Haut hingen in Falten herab, als hätte sie sich von den Knochen gelöst. Wenn sie lachte, was nicht häufig vorkam, sah man, daß ihre Zähne an eine Trümmerlandschaft aus dem Zweiten Weltkrieg erinnerten.

»Wie geht's dir, Johnny?« fragte sie. Sie sprach genau wie er, nur klang ihre Stimme ein wenig tiefer.

»Mir geht's gut, Ma«, sagte Powers. »Vor allem jetzt, wo du bei mir bist.«

»Das da ist dein Freund?« Sie deutete auf mich.

»Ja, Ma. Nick . . . komm her und begrüß meine Ma.«

»Nicht jetzt, Johnny-Schätzchen. Wir müssen sehen, daß wir hier wegkommen.«

Sie hatte es noch nicht ganz ausgesprochen, da hörte ich schon die Sirenen von Polizeiwagen. Durch das hintere Fenster im Bus konnte ich die Blaulichter in der Ferne sehen. Herbert stöhnte. Wir machten ungefähr zwanzig Meilen die Stunde. Bei diesem Tempo würden sie uns bald erwischt haben.

»Geh und schau nach dem Bruder«, befahl Ma Powers. »Ich werde sie aufhalten.« Sie entsicherte ihre Maschinenpistole und ging zum hinteren Fenster.

»Hat Nathan den Bus in Schuß gebracht?« fragte Powers.

»Klar, Johnny-Schätzchen, hat er. Panzerglas, abgesägtes Heck und einen frisierten Motor.« Sie blickte mich an. »Schade, daß deinem Bruder keiner das Gehirn frisiert hat. Sag ihm, er soll Gas geben.«

Powers und ich rannten nach vorn. Herbert war aschfahl, seine Augen starrten geradeaus, seine Hände hatten sich um das Lenkrad gekrampft, als versuchte er, es zu zerbrechen.

»Nick . . .« begann er, als er mich sah.

»Später, Herbert«, sagte ich.

»Kannste das Ding nicht runterlassen?« brüllte Powers. Wir schwebten noch immer in fünf Meter Höhe, höher als das Oberdeck eines Londoner Busses, nur gab es bei uns kein Unterdeck.

»Ich hab' keine Ahnung, wie das geht«, wimmerte Herbert.

»Hat Ma es dir nicht gezeigt?«

»Doch, aber ich hab's vergessen.«

»Nimm die nächste Querstraße links!« schrie Ma Power. Herbert drückte seinen Fuß herunter und riß das Lenkrad nach links. Der Hub-Bus machte einen Satz und schleuderte um die Ecke. Einen entsetzlichen Moment lang stand er auf zwei Rädern, und ich dachte schon, er stürzte um. Aber dann fing der Bus sich wieder und kippte auf vier Räder zurück. »Laß das Ding runter!« schrie Ma Powers.

»Laß das Ding runter!« schrie ich.

Ich hatte es in dem Moment gesehen, als wir um die Ecke schossen. Ein Warnschild: Achtung Brücke – Maximale Höhe 3 Meter. Wir waren mindestens zwei Meter zu hoch. Herbert hatte das Schild auch gesehen. Er ging vom Gas, und wir wurden noch langsamer. Plötzlich hörte ich das Rattern einer Maschinenpistole vom Ende des Busses.

»Legt 'nen Zahn zu!« brüllte Ma Powers.

Sie hielt die Maschinenpistole wie einen Strauß Blumen in der Hand. Nur daß ich noch nie Blumen gesehen hatte, aus denen Rauch aufstieg. Der erste Polizeiwagen hatte die Kreuzung erreicht, und trotz unseres frisierten Motors kam er immer näher. Und ihm folgten vier weitere.

»Was soll ich machen?« wimmerte Herbert.

»Gib Gas, Mann«, sagte Powers.

Herbert wollte widersprechen, doch irgend etwas in Johnnys Stimme brachte ihn davon ab. Er gab ein leises Quieken von sich und drückte aufs Gaspedal. Wir schossen nach vorn.

Hinten schoß Ma Powers. Ihre Maschinenpistole ratterte unermüdlich. Die Straße verengte sich nun, auf beiden Seiten von einem Eisenzaun begrenzt. Es gab nur noch einen Weg – geradeaus. Doch da wartete die Brücke auf uns. Eine Eisenbahnbrücke.

Ich konnte schon die Schienen sehen. Ich schaute tatsächlich auf sie hinunter. Bei dem Tempo, das wir draufhatten, würden wir sie in ungefähr dreißig Sekunden erreichen. Dann würde die Kabine gegen das Mauerwerk krachen. An das, was mit den Insassen geschehen würde, dachte ich lieber nicht.

Powers rannte zu seiner Mutter – vielleicht um sie zu warnen. Ich stand neben Herbert und versuchte das Gleichgewicht zu halten. Unaufhaltsam rasten wir auf die Brücke zu. Er versuchte nicht einmal mehr, den Bus herunterzubringen. Er war zu ängstlich, um auch nur einen Moment das Lenkrad loszulassen. Verzweifelt betrachtete ich die Armaturen. Warum hatte so ein Bus nur so viele Hebel? Ma Powers feuerte wieder. Und diesmal traf sie. Die Sirene eines Polizeiwagens erstarb. Ich hörte Reifen quietschen, dann einen Aufprall und eine Explosion. Die Brücke vor uns leuchtete rot. Der Countdown lief. Noch zwanzig Sekunden bis zum Zusammenstoß.

Meine Hände fuhren über die Armaturen, verzweifelt knipste ich Schalter um, schob Hebel nach rechts, nach links. Ich schaltete das Licht aus, öffnete und schloß die Türen, zog die Antenne ein und verstellte die Spiegel. Aber ich kriegte diesen verdammten Bus nicht runter.

Hinter uns feuerte Powers mit dem Revolver, den er aus dem Gefängnis mitgenommen hatte. Mutter und Sohn schienen jede Menge Zeit zu haben. Ein zweiter Polizeiwagen hatte die Position des ersten eingenommen und nahm uns unter Beschuß. Ich legte einen anderen Hebel um. Der Aschenbecher schoß heraus. Noch zehn Sekunden bis zum Aufprall.

Die Brücke stand riesengroß vor uns. Herbert wimmerte irgend etwas, das wie ein Gebet klang. Verzweifelt strich ich mit dem ganzen Arm über die Armaturen. Meine Hand traf einen schwarzen Ball am Ende eines Hebels und schob ihn nach vorn. Ich hörte ein Zischen unter mir. Die Hydraulik erwachte zum Leben. Im selben Moment senkte sich der ganze Bus; die Karussellfahrt war zu Ende.

Aber rechtzeitig genug? Wir hatten nur noch ein paar Sekunden bis . . .

»Bremse, Herbert!« schrie ich.

Wir rammten die Brücke.

Aber wir waren gerade tief genug, um uns irgendwie durchzuquetschen. Es war Millimeterarbeit. Nur die Matten auf dem Dach mußten dran glauben. Ich hörte, wie sie gegen das Mauerwerk schlugen und aus ihren Verankerungen flogen. Als ich zurückblickte, konnte ich noch sehen, wie sie auf den ersten Polizeiwagen stürzten. Der versuchte auszuweichen, brach seitlich aus, sauste über die Bordsteinkante und durchschlug den Zaun. Schließlich landete er vor einem Laternenpfahl. Ma Powers lachte gellend.

»Gute Arbeit, Sonny«, rief Power.

Aber wir hatten sie längst noch nicht abgehängt. Zwei Wagen hatten wir ausgeschaltet, blieben noch drei, die uns auf den Fersen waren. Ma Powers beglückte sie mit einem Kugelhagel. Ich hörte eine Windschutzscheibe zu

Bruch gehen, aber sie ließen sich nicht abschütteln. Zwei rasten an uns vorbei. Der dritte blieb hinter dem Bus.

Die Straße war wieder breiter geworden. Die beiden vorderen Polizeiwagen hatten uns in die Zange genommen.

»Nick . . .« murmelte Herbert.

Um diese Zeit war nicht viel Verkehr, aber als ich nach vorn sah, entdeckte ich einen Lastwagen, der auf uns zuraste. Mit den Polizeiwagen an beiden Seiten nahmen wir die gesamte Straße ein. Irgend jemand würde ausweichen müssen.

Der Lastwagen wich aus. Im letzten Augenblick, als die Scheinwerfer uns schon blendeten und die Hupe uns in den Ohren dröhnte, schleuderte er herum und raste in ein Feld. Der Wagen hatte Eier geladen. Ich weiß das, weil ein Dutzend davon gegen unsere Windschutzscheibe krachten. Mit lautem Gehupe stieß der Lkw gegen einen Baumstumpf, überschlug sich und ging in Flammen auf. Später erfuhren wir, daß niemand getötet worden war. Wir hatten nur für das größte Omelette in der Geschichte Englands gesorgt.

Wir machten nun gut und gerne siebzig Meilen die Stunde. Vor uns verschwanden die Autos so schnell von der Straße, wie sie nur konnten – es schien ihnen auch ziemlich egal zu sein, wohin sie sich verdrückten. Aber das war nicht unser Problem, wir hatten unser eigenes. Jetzt, da wir den Bus abgesenkt hatten, waren die beiden Polizeiwagen nur Zentimeter von uns entfernt. Sie hatten ihre Fenster heruntergekurbelt und zwei Maschinenpistolen in Anschlag gebracht. Zwei Feuerstöße, und Herbert und ich hätten soviel Löcher wie ein Schweizer Käse. Wir konnten sie auch nicht ausbremsen, nicht solange der dritte Wagen hinter uns fuhr. Wir saßen in der Falle.

Ich starrte auf den Polizisten direkt neben mir, beobachtete, wie sich sein Finger um den Abzug krampfte. Für einen Moment trafen sich unsere Blicke, und es war, als teilten wir einen gemeinsamen Alptraum. Es gab nichts, was ich tun konnte. Nichts? Im letzten Moment fuhr meine Hand über das Armaturenbrett. Der Bus hob sich, und die Maschinenpistolen feuerten. Doch nun waren wir über ihnen, die Kugeln pfiffen unter uns hindurch. Der Polizeiwagen auf der rechten traf den auf der linken Seite. Und der rechte zerfetzte die Reifen des linken. Beide Wagen rasten in verschiedene Richtungen weiter.

Nummer drei und vier waren ausgeschaltet, blieb noch einer.

Aber es schien, als hätte ich den Hebel etwas zu heftig nach vorne geschoben. Irgendwie mußte es einen Kurzschluß gegeben haben. Wir hatten noch nicht richtig das Ende der Hydraulikarme erreicht, als wir uns auch schon wieder auf dem Weg nach unten befanden. Und so ging es munter weiter, runter und rauf, runter und rauf wie bei einem verrückten Kastenteufel.

»Was ist los?« schrie Powers.

»Es ist kaputt«, sagte Herbert.

Das war die Untertreibung des Jahres. Funken schossen aus dem Armaturenbrett. Es roch nach verbranntem Gummi, und Rauchschwaden hingen in der Luft. Rauf und runter. Ich spürte, wie mein Magen zu rebellieren begann, er würde mir gleich einen Auflauf ganz besonderer Art präsentieren.

Dann zog der fünfte Polizeiwagen vorbei, um uns zu überholen. Es war der letzte, und vielleicht glaubte der Fahrer, uns den Weg abschneiden zu können. Ma Power öffnete ihre Handtasche. Sie zog ein Ersatzmagazin heraus und lud ihre Maschinenpistole nach. Powers folgte ihr, als sie nach vorne stakste, um besser zielen zu können. Das Armaturenbrett stand mittlerweile in Flammen. Der Motor heulte uns an, endlich Schluß zu machen. Die hydraulischen Arme quietschten und schwankten, während sie uns wie verrückt auf und ab beförderten. Ich schätze, wir hatten vielleicht noch ein paar Minuten, bevor der ganze Bus zusammenkrachte oder in die Luft flog.

Die letzten Minuten vergingen sehr schnell.

In einem Augenblick schwebten wir, im nächsten fuhren wir neben dem Polizeiwagen. Er rammte uns beinahe im Versuch zu überholen. Ma Powers legte ihre Maschinenpistole an. Dann sah ich die beiden Männer im Fond.

»Nein!« schrie ich.

Es waren Snape und Boyle. Ich hatte keine Ahnung, was sie da machten. Waren sie gerade auf dem Weg ins Gefängnis gewesen, als wir ausbrachen, oder war alles nur ein verrückter Zufall? Aber sie waren es, kein Zweifel. Ich könnte sogar schwören, daß Snape mir zublinzelte, bevor Ma Powers das Feuer eröffnete. Ich schrie immer weiter, auch als die Maschinenpistole mich längst übertönte. Ich sah, wie die Fenster von Snapes Wagen zersplitterten. Ich sah, wie die Reifen zerfetzt wurden, sah, wie die Spiegel und Türgriffe abflogen. Der Wagen krachte gegen uns, dann schleuderte er zurück und schlitterte gegen eine Bordsteinkante. Was dann folgte, sah beinahe aus, als hätte jemand den Wagen ergriffen und wieder fallen gelassen. Er hob ab, prallte zurück und schlug in einer Telefonzelle ein. Einige Sekunden später explodierte er.

Sie waren tot. Snape und Boyle waren umgekommen. Keine Chance, daß sie überlebt hatten. Sie waren die einzigen Menschen auf der ganzen Welt, die wußten, daß man mich hereingelegt hatte. Sie als einzige hätten mir aus der Patsche helfen können. Und sie waren tot. Ich hätte heulen können, aber ich hatte keine Zeit.

Eine scharfe Kurve lag vor uns. Herbert schrie auf. Verzweifelt zog er das Lenkrad herum, aber wir waren zu schnell. Er hatte die Kontrolle über den Bus verloren. Ma Powers ließ die Maschinenpistole fallen, Johnny fluchte. Der Bus, nun wieder auf Straßenniveau, geriet ins Schleudern, raste durch eine Hecke und prallte gegen ein Gebäude. Herbert hatte nicht einmal Zeit gehabt, um zu bremsen. Mit siebzig Meilen die Stunde stießen wir frontal gegen eine Mauer.

Zumindest die Räder. Zum Zeitpunkt des Aufpralls hatten die hydraulischen Arme uns wieder emporgehoben. Die Räder, der Motor und das Fahrgestell krachten gegen eine solide Backsteinmauer. Die Kabine selbst aber schwebte in den Lüften, etwa auf Höhe des ersten Stockwerks. Und das bestand aus einer riesigen Glasfront.

Die Kraft des Aufpralls riß den Bus von den hydraulischen Armen. Als der Benzintank sich entzündete und das Fahrgestell Feuer fing, krachten wir durch das Fenster und schlitterten durch den Flur des Gebäudes. Das Gebäude war ein leeres Bürohaus. Nichts konnte uns aufhalten. Wie eine Rakete schossen wir den ganzen Flur entlang und durchbrachen mit lautem Getöse ein zweites Fenster am anderen Ende.

Das also war's, sagte ich mir, als wir in den Tiefflug übergingen. Nun ist es Zeit zu sterben.

Das Bürohaus aber lag direkt an der Themse. Wir landeten mit einem lauten Platschen.

Als ich endlich den Mut fand, meine Augen zu öffnen, trieben wir friedlich auf dem Wasser. Wir waren grün und blau geschlagen, hin und her geschüttelt worden und total erschöpft, aber wir lebten noch.

Den Rest unseres Weges legten wir auf dem Wasser zurück. An jeder Ecke Londons gab es Straßensperren, wir aber trieben fröhlich an ihnen vorbei. Man hatte wohl vergessen, auch der Wasserschutzpolizei Bescheid zu sagen. Ich war frei. Aber Snape und Boyle waren tot.

Was also sollte ich jetzt tun?

9 Wapping

Es ist irgendwie merkwürdig, wie oft die Themse in meinem Leben eine Rolle spielte. Als ich die Malteser des Falken jagte, wurde ich am Ufer der Themse beinahe einbetoniert und ertränkt. Wenn Sie also das nächste Mal am Charing Cross Pier ein Ausflugsschiff besteigen, schauen Sie sich nach einem Jungen in Jeans und ausgebeultem Pullover um, der mit dem Gesicht nach unten auf dem schmutzigen Wasser treibt. Das bin dann sehr wahrscheinlich ich.

Der Fluß trieb uns bis nach Wapping. Nur gut, daß die Strömung nicht die andere Richtung nahm, sonst hätte es uns womöglich raus aus London und über Windsor bis nach Wales verschlagen. Doch auch so wurde es ein netter Ausflug. Unter der Vauxhall Bridge her, vorbei am House of Parliament, am Somerset House und dem National Theatre. Dann machte der Fluß eine Biegung, und weiter ging es am Traitor's Gate und dem Tower vorbei fast bis zu der Isle of Dogs. Es dämmerte bereits, als wir endlich ankamen. Mittlerweile hatten wir sämtliche Polizei- und Touristenfallen Londons hinter uns gelassen.

Nun befanden wir uns im Osten Londons, im Herzen von Johnnys zwielichtigem Reich. Und so wie es im kalten Zwielicht des Morgens aussah, war er hier willkommen.

Alles war grau: der Himmel, das Wasser, die alten, verrosteten Barkassen, die am Ufer festgemacht hatten. Das Südufer des Flusses war lang und flach, mit einem Kran hier, einem Lagerhaus da und irgendwo in der Ferne eine einsame Kirchturmspitze.

Wir legten an der nördlichen Seite einer Mole zwischen

zwei Lagerhäusern an. Niemand war zu sehen. Wahrscheinlich war in den Lagerhäusern seit fünfzig Jahren niemand mehr gewesen. Einige Meter entfernt lag ein verlassenes Hausboot am Ufer vertäut und schaffte es irgendwie, sich Ebbe und Flut zu widersetzen. Frierend krochen wir aus unserem zerbeulten Bus und betraten sumpfigen, nicht gerade festen Boden. Ma Powers wollte die Kabine versenken, aber das war unmöglich. Also schoben wir sie ins Wasser zurück und ließen die Strömung sie Richtung Nordsee treiben.

»Wohin gehen wir jetzt?« fragte ich.

»Nach Hause!« sagte Ma Powers. Ihre Lippen verzogen sich zu einem kalten Grinsen. Entweder fror sie, oder sie mochte mich nicht. Wahrscheinlich beides.

»Ost-London«, murmelte ich. »Ich hätte gedacht, das wäre der Ort, wo uns die Polizei am ehesten vermutete.«

»Klar«, sagte Johnny Powers und schlug mir auf den Rücken. »Also der letzte Ort, wo sie nach uns suchen werden.«

Mit Herbert als Nachhut liefen wir über die Mole und zwischen zwei Lagerhäusern zur Wapping High Street. Wenn das die Hauptstraße war, wollte ich nicht wissen, wie hier die Nebenstraßen aussahen. Es war ein Spinnennetz aus Eisen und Rost mit Kränen und Gerüsten überall. Die eine Hälfte der Gebäude war verfallen, die andere nur halb fertiggestellt. Man vermochte nur schwer zu unterscheiden, was was war. Berge aus Wellblech füllten die Baulücken. Überall klebten alte, zerrissene Plakate. Es gab keinen Gehsteig. Man konnte nicht erkennen, wo die Straße aufhörte und die Gosse begann.

Wir durchquerten diese Trümmerlandschaft, bis wir zu einer Querstraße kamen. An einer Sperre hing das Schild: STRASSE GESPERRT. Ein ziemlich schräg stehendes Gerüst, das ein paar schmutzige, baufällige Häuser stützte, blockierte den Weg, Wir hielten vor dem vierten Haus. Ma Powers fingerte einen Schlüsselbund aus ihrer Tasche und schloß die Tür auf. Wir gingen hinein. Wir waren zu Hause.

Johnny Powers mußte irgendwo untertauchen, um nicht wieder eingelocht zu werden, und er hatte sich dazu ein wirkliches Loch ausgesucht. Das Haus hatte ursprünglich zwei Stockwerke gehabt, nur daß das zweite zusammengefallen war. Das Erdgeschoß bestand aus einem großen Raum mit einer Couch, einem Tisch und Stühlen, einem Fernseher und einer offenen Küche. Früher war die Küche einmal abgeteilt gewesen, aber die Zwischenwand war in sich zusammengestürzt. Zwei Türen führten hinaus, eine zum Klo, die andere zu einem Schlafzimmer. Zwei weitere Schlafräume und ein Bad lagen in der ersten Etage. Ins Bad konnte man durch ein Loch in der Decke sehen.

»Trautes Heim, Glück allein«, murmelte ich.

»Hier sind wir sicher«, sagte Ma Powers.

»Sicher?« Ich pochte auf den Kaminsims. Ein Stück fiel herunter. »Fast hätte ich über den Witz gelacht.«

»Die Polizei wird uns hier nicht suchen«, sagte Powers. »Das hat Ma gemeint.«

»Was ist mit Nachbarn?«

»Es gibt keine Nachbarn«, grunzte Ma Powers. »Die Häuser gelten als unbewohnbar.«

»Oh, ich dachte, die ständen unter Denkmalschutz«, sagte ich.

Johnny drehte sich zu seiner Mutter um und lächelte. »Du hast es richtig gemütlich gemacht, Ma«, sagte er.

Wahrscheinlich stimmte das sogar. Frische Blumen standen auf dem Tisch, und ein selbstgehäkeltes Kissen lag auf der Couch. Ein paar Bilder zierten die kahlen

Wände, und vor den Fenstern hingen saubere Gardinen. Aber alles sah so aus, als hätte man das Besteck wieder ordentlich hingelegt, nachdem die Titanic gesunken war. Das ganze Haus war eine einzige Ruine. Ein Platz für Schimmelpilze, Holzwürmer und Ratten. Die Baupolizei hätte gejubelt vor Freude, doch hätte sie das nicht zu laut tun dürfen, sonst wäre von dem Haus nur noch ein Steinhaufen übrigblieben.

Die Tür zum Schlafzimmer ging auf, und ein Junge, der etwa so alt war wie Johnny, trat ein. Er war ziemlich dünn und hatte eine solche Akne, daß man ein Streichholz an seinem Gesicht hätte anzünden können. Sein Haar war leuchtend weiß. Man wurde beinahe schneeblind. Das mußte Nathan der Weiße sein.

»Hast du es also geschafft, Johnny«, sagte er und lächelte nervös.

»Klar«, sagte Powers und ging auf ihn zu. »Und vielen Dank, daß du mir nicht geholfen hast, Pickelgesicht.«

»Tut mir leid, Johnny«, wimmerte Nathan und kaute auf seinem Daumennagel. »Ich war wirklich krank, konnte nicht fahren.« Er zögerte einen Moment. »Aber ich habe die Karre für dich frisiert. Das habe ich gemacht.«

»Haste gut gemacht.« Johnny verpaßte ihm einen freundschaftlichen Hieb in den Magen. Nathan klappte zusammen. »Besorg uns jetzt was zu beißen. Und sorg dafür, daß der Kaffee stark und heiß ist.«

Herbert hatte die ganze Zeit neben der Tür gestanden und alles beobachtet. Er hatte kein Wort gesagt, was auch das Beste war, was er tun konnte. Doch nun stakste er in den Raum und ließ sich so heftig auf einen Stuhl fallen, daß wieder ein Stück vom Kaminsims abbrach.

»Ich glaub' es nicht«, sagte er.

»Wer ist dieser Kerl, Johnny-Schätzchen?« fragte Ma

Powers. Sie stellte die Maschinenpistole wie einen Spazierstock in die Ecke. »Ich hab' ihn am Flughafen aufgegabelt, genau wie du gesagt hattest, aber ich konnte aus seinem Gerede nicht schlau werden. Er erzählte immer nur, er müsse sich Flugzeuge ansehen.«

Johnny lachte und drehte sich wieder eine Zigarette. »Ma«, sagte er. »Du kennst meinen Freund Nick noch nicht. Er hat mir im Knast das Leben gerettet. Und das ist sein Bruder Herbert.«

»Herbert?« Ma Powers musterte ihn mißtrauisch. »Womit verdienst du dein Geld, Herbert?«

»Ich bin ein professioneller Schnüffler«, gab Herbert stolz zurück. Er versuchte sich offenkundig in Gaunersprache.

Ein langes Schweigen trat ein. Nathan ließ einen Teller fallen. Johnny glotzte Herbert an. Die Luft wurde zum Schneiden dick. Und ich hätte Herbert gern den Hals abgeschnitten. Warum mußte er ihnen so etwas erzählen? Warum konnte er ihnen nicht sagen, er wäre Buchhalter, Postbote, Chirurg oder so etwas? Snape hatte mir erzählt, daß Johnny Powers Polizisten haßte. Ich konnte mir gut vorstellen, daß er auch auf Detektive nicht gut zu sprechen war.

»Ein Schnüffler also?« wiederholte er, und seine Augen verengten sich.

»Ganz richtig«, griff ich ein, bevor ein anderer noch ein Wort sagen konnte. »Herbert schnüffelt . . .« Nathan hatte den Wasserhahn angedreht, um Tee zu kochen, und der lief noch immer. ». . . Wasser. Er ist ein Schnüffler von Wasser.«

»Was gibt's denn da zu schnüffeln?« wollte Ma Powers wissen.

»Oh, eine Menge«, sagte ich. »Man kann riechen, ob zuviel Chlor im Wasser ist oder zu wenig H.«

»Zu wenig H?«

»Genau. Wasser besteht aus H_2O. Herbert muß aufpassen, daß immer genug H da ist. Er arbeitet fürs Wasserwerk.«

»Okay«, sagte Ma Powers. »Das erklärt vielleicht, warum er nicht ganz richtig in der Birne ist. Hat zuviel H gerochen.«

Dieser Elch – oder besser Wasserbüffel war noch einmal an uns vorübergegangen. Nathan deckte den Tisch, und wir aßen Schinkensandwiches und Grapefruitjoghurt und tranken starken Kaffee. Auf dem Joghurt hatte Ma Powers bestanden. Ohne Maschinenpistole war sie genauso wie jede andere Mutter. Mit gefiel sie mir besser.

»Du siehst gar nicht gut aus, Johnny-Liebling«, sagte sie. »Mochtest du das Essen im Gefängnis nicht?«

»Doch, Ma . . .«

»Gab es genug Obst? Hier, iß noch etwas Grapefruitjoghurt.«

»Mir geht's gut, Ma . . .«

»Soll deine Mama dir etwas Zucker holen?«

»Ma . . .«

»Joghurt ist gut für dich, Johnny«, warf Nathan ein und kratzte seinen Becher aus.

Er hätte besser den Mund gehalten. Johnny nahm seinen Becher und warf ihn Nathan ins Gesicht. Joghurt spritzte über seine Wange und sein Hemd. Ma Powers zog eine Augenbraue hoch, sagte aber nichts. Herbert seufzte und griff nach dem starken Kaffee. Er sah gar nicht gut aus. Seine Nerven waren wohl nicht so stark.

Aber Johnnys Laune besserte sich wenig später wieder, als er Kaffee getrunken und den Fernseher eingeschaltet hatte. Die Morgensendungen hatten gerade begonnen, und das erste, das er sah, war sein

Gesicht, auf einem Polizeifoto, das vor einigen Monaten aufgenommen worden war.

». . . eine waghalsige Flucht aus der Besserungsanstalt Strangeday Hall in der letzten Nacht. Powers, der wegen bewaffneten Raubüberfalls zu fünfzehn Jahren Haft verurteilt worden war, wird von der Polizei als unberechenbar und äußerst gefährlich beschrieben. Die Öffentlichkeit wird gewarnt, sich ihm keinesfalls zu nähern.«

Das Foto verschwand, und ein Nachrichtensprecher erschien auf dem Bildschirm. Er sah sehr müde aus, als müsse er krampfhaft ein Gähnen unterdrücken.

»Begleitet wurde Johnny Powers von dem dreizehnjährigen Nick Simple . . .«

Und plötzlich war ich im Fernsehen. Es war dasselbe Foto, das überall in den Zeitungen erschienen war. Ich war jung, unschuldig und lächelte . . . und man konnte unmöglich all die Dinge glauben, die der Nachrichtensprecher da über mich in die Welt setzte.

»Simple, der erst seit einem Monat wegen des Juwelendiebstahls von Woburn Abbey einsitzt, gilt als gewalttätig und skrupellos. Und wenn Johnny Powers der Staatsfeind Nummer eins ist, muß man Simple als Staatsfeind Nummer zwei ansehen.

Die Polizei fahndet auch nach Herbert Simple, seinem älteren Bruder, der ihm vermutlich bei der Flucht geholfen hat.«

Johnny schaltete den Apparat aus.

»Sie suchen nach mir!« jammerte Herbert. Er starrte auf den dunklen Bildschirm, als wäre der Nachrichtensprecher drauf und dran herauszuklettern und ihn zu schnappen.

»Natürlich suchen sie dich.« Johnny grinste mich an. »Staatsfeind Nummer Zwei. Kein schlechter Einstieg in die Charts, oder Sonny?«

»Klar, Johnny.« Ich versuchte, erfreut zu wirken, was gar nicht so einfach war. »Was machen wir als nächstes?«

»Denke, wir hauen uns erst einmal aufs Ohr. Können alle 'ne Mütze voll Schlaf gebrauchen. Was meinst du, Ma?«

»Du hast recht, Johnny-Schätzchen.«

»In der Zwischenzeit trommelt Nathan unsere Jungs zusammen. Wir treffen uns um vier. Also Nathan ... besorg uns ein paar anständige Kekse oder irgend so etwas.«

»Werde ich machen, Johnny.«

»Gut.« Johnny schlug mir auf die Schulter. »Staatsfeind Nummer zwei? Klingt gut, finde ich. Es paßt auch zu dir.«

Schließlich waren Herbert und ich alleine.

Wir teilten uns ein Schlafzimmer auf der ersten Etage. Es war ungefähr genauso gemütlich wie das Wohnzimmer. Zwei Betten standen wackelig aneinander, ein Stuhl mit drei Beinen und ein Schrank ohne Türen komplettierten das Mobiliar. Das Fenster wies nach hinten auf eine Baustelle hinaus, nur daß es so schmutzig war, daß man kaum etwas sehen konnte.

Eine lange Zeit sagte keiner von uns ein Wort. Herbert sah erschöpft aus. Sein Gesicht war schmutzig, und seine Haare standen ihm zu Berge.

»Wie konntest du so etwas tun, Nick«, sagte er schließlich. »Mein eigener Bruder. Zuerst dieser Juwelendiebstahl ... und jetzt das. Ich meine ... dieser Johnny Powers. Er ist ein verrückter Krimineller, ich meine, er ist kriminell verrückt. Und dann erst seine Mutter! Wie konntest du so etwas tun? Ich werde von der Polizei gesucht! Und wenn sie mich schnappen, ist meine

Karriere im Eimer. Sie werden mich einsperren, und dann werde ich diesen purpurroten Pfau niemals finden. Ich werde nie wieder einen Auftrag kriegen, wahrscheinlich krieg' ich zwanzig Jahre. Zwanzig Jahre, Nick! Das sitzt man nicht auf einer Arschbacke ab.« Er ballte die Faust und schlug ins Kissen. Staub wirbelte auf, und er mußte niesen. »Ich werde mich stellen«, fuhr er fort. »Ich werde mich der Gnade des Gerichts unterwerfen. Oder unter einen Bus. Ich weiß noch nicht . . . Was soll ich bloß machen, Nick?«

Ich wartete, bis er sich ein wenig beruhigt hatte, dann setzte ich mich neben ihn.

»Hör zu«, sagte ich. »Ich hab's nicht getan, Herbert. Ich hab' die Karfunkel nicht gestohlen.«

»Aber Nick. Der Richter . . .«

»Ich wurde hereingelegt, Herbert, ich wußte es damals nur nicht genau, obwohl ich es hätte wissen müssen.«

Ganz langsam erklärte ich ihm alles. Den Besuch von Snape und Boyle, die Sache mit Fence und Johnny Powers und den Raub der Juwelen. Dann erklärte ich es ihm noch einmal und benutzte möglichst einfache, kurze Worte. Es kostete mich ungefähr zwanzig Minuten. Die ganze Zeit saß Herbert schweigend da und griff nur an der Matratze herum. Ich war mir nicht sicher, ob er sonst etwas begriff. Aber als ich endlich fertig war, blickte er mich an und kratzte sich am Kopf.

»Du meinst . . . du bist es nicht gewesen?« sagte er.

»Genau das versuche ich dir die ganze Zeit zu erklären, Herbert.«

»Und die einzigen, die es wissen, sind Snape und Boyle? Und die . . .«

»Genau, sie kauften . . .«

»Die Karfunkel?«

»Nein, die Wächter, und jetzt sind sie verunglückt und tot.«

»Und was machen wir jetzt?«

Ich stand auf und ging zur Tür. »Keine Ahnung«, gab ich zu. »Ich schätze, das einzige, was wir tun können, ist, diesen Fence aufzuspüren, den jeder sucht. Wenn die Polizei uns auf den Fersen bleibt, haben wir dann etwas, mit dem wir verhandeln können. Aber in der Zwischenzeit . . .« Ich drehte mich zu Herbert um. ». . . mußt du Johnny und Ma Powers davon überzeugen, daß du ein echter Ganove bist. Wenn sie herausfinden, daß du ein Privatdetektiv bist, fällt bei uns der Vorhang.«

Herbert blickte zum Fenster. »Die könnten hier ein paar neue Vorhänge ganz gut gebrauchen«, sagte er.

»Sie werden uns umbringen, Herbert. Ich meine, uns abknallen oder so etwas. Du mußt wie ein Gangster denken, wie ein Gangster handeln. Und überhaupt zu einem Gangster werden. Und du mußt jetzt damit anfangen.«

Herbert stand auf, zog die Schultern zusammen und verschränkte die Arme vor der Brust. Dann lächelte er mich höhnisch an und warf den Kopf zurück. »Ich bin Al Capone«, knurrte er.

»Du meinst wohl Al Ka-seltzer«, murmelte ich, aber ich glaube, er hörte mich nicht. Ich ließ ihn allein und ging ins Bad. Ich wollte mich noch waschen, bevor ich schlafen ging. Zum ersten Mal an diesem Tag hatte ich ein wenig Ruhe. Ich hatte gerade den Hahn aufgedreht und beobachtete, wie braunes Wasser herausspritzte, als ich hörte, wie unter mir eine Tür geöffnet wurde. Schnell drehte ich den Hahn wieder zu. Ich glaube, ich habe schon erwähnt, daß man vom Wohnzimmer aus durch ein Loch in der Decke das Bad sehen konnte. Nun, dieses besagte Loch erlaubte es mir, ein Gespräch zwischen

Johnny und Ma Powers zu belauschen. Und sie dachten, sie wären allein.

»Sind deine Kopfschmerzen weg, Johnny-Liebling?« fragte sie.

»Ja, Ma. Geht mir jetzt viel besser, wo du bei mir bist.«

»Glaubst du, du bist okay, wenn die Jungs eintreffen?«

»Klar, Ma.«

»Du mußt ihnen zeigen, wer hier der Boß ist, Johnny-Liebling. Jetzt, wo Big Ed versucht, was gegen dich zu unternehmen . . .«

»Ich habe meine Pläne mit Big Ed, Ma.«

Ich bückte mich und spähte durch das Loch, konnte allerdings nur Johnnys Hinterkopf ausmachen. Ma Powers stand irgendwo anders. Das war auch gut so. Konnte ich sie nicht sehen, konnte sie mich nicht sehen.

»Als erstes werden wir einen Überfall machen«, fuhr Johnny fort. »Irgendein großes Ding, nur um ihnen zu zeigen, daß ich wieder mitspiele. Vielleicht die Bank von England oder die Kronjuwelen. Weiß noch nicht genau. Dann werde ich mir Big Ed vorknöpfen.«

»Du wirst Waffen brauchen, Johnny.«

»Klar, Ma. Deshalb werde ich auch Fence heute noch sehen – vor unserem Treffen.«

Ich spitzte meine Ohren. Das war alles zu schön, um wahr zu sein. Und was Ma Powers dann sagte, klang sogar noch besser.

»Du wirst also zu der Penelope gehen?«

»Ja, und ich werde genug Waffen beschaffen, um einen richtigen Krieg anzuzetteln.«

»Dann solltest du jetzt schlafen gehen, Johnny. Ich möchte nicht, daß mein Sohn mit Ringen unter den Augen einen Krieg anfängt.«

»Du bist so gut zu mir, Ma.«

»Ich liebe dich, Johnny.«

Dann gingen sie in das Schlafzimmer, und ich hörte nichts mehr. Doch als ich mich aufrichtete und zurück zu Herbert ging, fühlte ich mich so gut wie schon seit langer, langer Zeit nicht mehr. Snape und Boyle mochten tot sein, die Polizei mochte Jagd auf mich machen, aber jetzt wußte ich endlich etwas über Fence. Er war kein Mann. Er war eine Frau, und die Frau hieß Penelope.

10 Johnny Powers verzweifelt gesucht

Herbert weckte mich sechs Stunden später, rechtzeitig zum Mittagessen. Ich öffnete meine Augen und schloß sie sofort wieder. Dann atmete ich tief durch und öffnete sie ein zweites Mal. Ich stöhnte. Ich sah wirklich das, was ich gemeint hatte zu sehen. Aber ich konnte es nicht glauben.

Ich hatte Herbert gesagt, er sollte wie ein Gangster handeln. Er hatte mich wörtlich genommen und ein passendes Kostüm gefunden. Er trug jetzt einen altmodischen grauen Anzug, einen Zweireiher mit Knöpfen auf beiden Seiten, dazu ein weißes Hemd und eine schmale Krawatte. Einen Hut hatte er sich so weit ins Gesicht gezogen, daß er kaum noch etwas sehen konnte. Handschuhe, die aus der Westentasche herausschauten, komplettierten seinen Aufzug. Das einzige, was noch fehlte, war die Maschinenpistole im Geigenkasten.

»Steh auf, Kleiner«, knurrte er, ohne die Lippen zu bewegen. »Big Herbert redet mit dir.«

»Herbert . . .« murmelte ich. »Wo hast du den Anzug her?«

»Den habe ich im Schrank gefunden. Liegt noch 'ne Menge anderes Zeug rum, aber laß uns erst essen gehen.«

Ich wollte etwas sagen, um ihn zurückzuhalten, aber er war schon gegangen. Hastig zog ich mir ein frisches Hemd an, aber die gleiche Hose und Schuhe, die ich auch in Strangeday Hall schon getragen hatte. Mein Glück, daß ich die Schuhe anbehielt, sie sollten mir das Leben retten, aber das wußte ich da natürlich noch nicht.

Ich verschwendete auch keinen Gedanken an meine Schuhe, als ich die Treppe hinunterlief. Ich fragte mich, was Ma Powers und Johnny wohl von der Vorstellung meines Bruders hielten. Sie waren noch immer starr vor Schreck, als ich hereinkam. Ma Powers hatte Spaghetti gekocht, und Johnny und Nathan hielten jeder eine Gabel mit Nudeln in der Hand und glotzten Herbert an.

»Also, Johnny«, sagte Herbert. »Was ist angesagt?«

»Herbert . . .« begann ich. »Ich glaube nicht . . .«

Weiter kam ich nicht. Herbert packte mich am Kragen und zog mich zu sich heran, wobei er mir fast das Hemd zerriß. »Für dich immer noch Big Herbert, du stinkige Ratte«, sagte er. Er zwinkerte mir zu und ließ mich los. Unfähig, mich auf den Beinen zu halten, sank ich auf einen Stuhl.

»Ist mit deinem Bruder alles in Ordnung?« fragte Johnny.

»Ja.« Ich wollte noch etwas anderes sagen, brachte aber nichts weiter heraus.

»Kriegst du auch Spaghetti?« fragte Nathan.

»Nein, danke.« Ich schüttelte den Kopf. »Ich habe keinen Hunger.«

Ich weiß nicht, wie ich dieses Mittagessen überstand. Niemand sagte ein Wort, das Schweigen wurde nur durch gelegentliche Grunzlaute Herberts unterbrochen.

Johnny legte seine Gabel beiseite. »Ich hab' was zu erledigen.« Er blickte Herbert an. »Dein Bruder ist okay, Sonny?« fragte er.

»Ja, Johnny«, sagte ich. »Er ist vielleicht ein bißchen überdreht.«

»Besser du hältst ein Auge auf ihn.«

»Werd' ich machen, Johnny.«

Er stand auf und strich seiner Mutter sanft über die Wange. »Sei pünktlich zum Treffen wieder da, Johnny-Liebling«, sagte sie.

»Ja, sei pünktlich, Johnny-Liebling«, stimmte Herbert zu.

Johnnys Augen nahmen augenblicklich einen kalten Glanz an. Aber er behielt sich unter Kontrolle. »Ich bin in zwei Stunden wieder zurück«, sagte er. »Niemand verläßt das Haus. Kapiert?«

Er ging ins Schlafzimmer, um sich einen Mantel anzuziehen. Währenddessen griff ich mir Herbert und zog ihn die Treppe hinauf. Ma Powers beobachtete uns. Ihre Augen blitzten vor Argwohn.

Irgendwie schaffte ich es, Herbert in unser Zimmer zu bugsieren. Ich knallte die Tür hinter uns zu. »Hast du einen Knall?« Ich schrie beinahe.

»Aber Nick . . .« Herbert blickte mich unschuldig an. »Du hast doch gesagt . . .«

»Ich habe gesagt: handele wie ein Gangster. Aber das bedeutet doch nicht . . .« Ich seufzte. Es hatte keinen Sinn, mit ihm zu streiten. Ich hatte auch keine Zeit dazu.

Ich ging zum Fenster hinüber und öffnete es.

»Was hast du vor?« fragte Herbert.

»Ich verdrücke mich«, sagte ich. »Johnny hat eine Verabredung mit Fence, und da möchte ich gerne dabei sein.«

»Woher weißt du das?«

»Erzähle ich dir später.« Ich schwang ein Bein auf das Fensterbrett. »Deck mich, bis ich zurück bin.«

»Was soll ich ihnen sagen?«

»Sag, ich hätte mich noch einmal aufs Ohr gelegt.«

»Und wenn sie herauskriegen, daß du weg bist?«

»Weiß nicht.« Ich zuckte mit den Achseln. »Dann erzähle ihnen, ich sei Zigaretten holen.«

»Aber Nick . . .« wimmerte Herbert. »Du rauchst doch gar nicht.«

»Dann sag eben, ich hole Schokoladenzigaretten.«

Ich schwang mich über das Fensterbrett und blickte mich um, versuchte, einen Weg nach unten zu finden. Das war nicht sonderlich schwer. Zum einen lag das Fenster nicht sehr hoch, zum anderen türmte sich ein Haufen Steine neben der Hauswand. Ich sprang hinunter und landete auf allen vieren . . . wie eine Katze. Tatsächlich landete ich auf einer Katze. Sie gab ein Stück Katzenmusik zum besten, heulte auf und schoß in einem Tohuwabohu aus scheppernden Dosen und splitterndem Glas davon. Soviel zum Thema Heimlichkeit. Johnny Powers würde den Lärm noch bis auf die andere Seite des Flußes gehört haben. Ich kauerte einen Moment schwer atmend am Boden und fragte mich, ob irgend jemand kommen und nachsehen würde. Wenn sie mich fragten, würde ich einfach sagen, ich wäre aus dem Bett gefallen. Aber niemand tauchte auf. Mein Glück blieb mir treu. Ich mußte wohl auf eine schwarze Katze gefallen sein.

Ich eilte um das Haus und versuchte, nicht auf zu viele lockere Steine zu treten. Auf der anderen Seite hörte ich, wie eine Tür geöffnet und geschlossen wurde.

»Bis später, Ma.«

»Paß auf dich auf, Johnny-Liebling.«

Als ich das Ende der Terrasse erreicht hatte, sah ich Johnny Powers, der eilig auf den Fluß zuhielt. Ich zog mich hinter die Ecke zurück, preßte mich gegen die Mauer und wartete, daß er vorübergegangen war. Ich gab ihm ein gutes Stück Vorsprung, dann machte ich mich an die Verfolgung.

Er erreichte die Wapping High Street und bog nach rechts ab. Ich ließ ihn um die Ecke verschwinden, bevor ich ihm nachlief. Heute war Samstag, und die Straßen und Baustellen waren menschenleer. Was mir einerseits ganz gelegen kam. Immerhin war ich jetzt so etwas wie ein Fernsehstar, und ich hatte keine große Lust, von irgendwelchen Passanten erkannt zu werden, die womöglich sogar versuchen konnten, mich aufzuhalten. Andererseits erschwerte es die Verfolgung von Powers. Wenn er sich einmal umwandte, liefe niemand zwischen uns, keine Leute, zwischen denen ich untertauchen könnte. Abgesehen von ein paar Autos, die am Straßenrand parkten – sie waren genauso alt und schäbig wie die Häuser –, gab es keine Deckung für mich.

Aber zum Glück drehte er sich nicht um. Johnny beschäftigten wohl andere Dinge: Big Ed und Fence. Außerdem vertraute er mir. Er hatte auch keinen Grund anzunehmen, daß ihn jemand verfolgte.

Ich erreichte gerade noch rechtzeitig die nächste Straßenecke, um zu sehen, wie Powers in der U-Bahn verschwand – Wapping Station/Metropolitan Line. Was sollte ich tun? Ich hatte kein Geld, um mir eine Fahrkarte zu kaufen, außerdem würde mich in der U-Bahn mit Sicherheit jemand erkennen. Aber das galt natürlich auch für ihn. Je länger ich darüber nachdachte, desto verrückter kam es mir vor. Powers war der Staatsfeind Nummer eins. Er konnte sich nicht einfach in die U-Bahn setzen und mit Rückkarte bis nach West End fahren.

Doch dann wischte ich meine Zweifel beiseite. Ich war bis hierher gekommen und wollte nicht so ohne weiteres aufgeben. Vielleicht traf er sich mit dieser Penelope auf einem Bahnsteig, oder es gab irgendeinen Ausgang zum Fluß auf die andere Seite.

Zur Rechten befand sich ein Kiosk, doch war niemand drin. Der Weg hinunter zu den Bahnsteigen lag auf der anderen Seite. Schnell schlüpfte ich an dem Kiosk vorbei, ohne aufgehalten zu werden. Und nun konnte ich Powers vor mir hören, seine Schritte hallten zu mir herauf. Eine Treppe führte hinunter in die Dunkelheit.

Es gab auch zwei Fahrstühle. Ich überlegte, einen zu nehmen, aber das hätte bedeutet, daß ich vor ihm auf dem Bahnsteig gewesen wäre. Wenn er plötzlich kehrtmachte, würde ich ihn verlieren. Ich nahm also die Treppe.

Eine Betontreppe führte in einem weiten Bogen hinunter. Die Wände waren weiß, die Farbe aufgeplatzt und abgeblättert. Die Luft war kalt und feucht. Man konnte schon die nahe Themse riechen. In der Mitte des Schachts befanden sich die Fahrstühle, fuhren geräuschlos auf und ab. Es waren moderne Lifte. Der Rest der Station stammte noch aus der Jahrhundertwende.

Von oben konnte ich sehen, daß Powers auf die Plattform der nach Süden laufenden Züge zuhielt. Also wollte er raus aus London – rüber nach Rotherhithe und New Cross. Bei den letzten zwanzig Stufen nahm ich zwei auf einmal, aus Angst, ein Zug könnte einlaufen und ich Johnny verlieren. Aber es kam kein Zug. Am Ende der Treppe verharrte ich, um Luft zu schöpfen. Dann schob ich mich langsam Richtung Bahnsteig vorwärts. Vorsichtig sah ich mich um.

Johnny Powers war verschwunden.

Ich lief auf den Bahnsteig. Zwei Reihen von Neonröhren tauchten alles um mich herum in ein hartes, kaltes Licht. Der Tunnel nach Rotherhithe war schwarz und undurchdringlich. Die hellerleuchteten Züge wurden schon nach wenigen Metern von der Dunkelheit verschluckt. Für die Fahrer war neben dem Tunnel ein Bildschirm angebracht worden. Sein flackerndes Bild zeigte mir, was ich schon gesehen hatte, als ich den Bahnsteig betreten hatte. Außer mir war niemand in der ganzen U-Bahn-Station. Keine Fahrgäste, keine Züge, keine Kontrolleure . . . niemand.

Ich ging die Plattform hinunter. Eine Decke aus

Ziegelsteinen wölbte sich über die Station, an deren Ende man ein Stück Himmel sehen konnte. Nur das Geräusch von tropfendem Wasser war zu hören. Es tröpfelte durch ein Wirrwarr von Pflanzen und Unkraut, das sich irgendwie an den alten Steinen gebildet hatte. Eine Ratte huschte über die Schienen und verschwand unter dem Bahnsteig. Nirgends eine Spur von Powers. Doch es gab keinen anderen Ausgang. Also mußte er hier irgendwo sein.

Ich erreichte das Ende der Plattform und begann zurückzugehen, als ich ein leises Rumpeln vernahm, und einen Moment später rauschte ein Zug in die Station. Ich drehte mich herum und tat, als lese ich eine Tafel, auf der irgend etwas über die Geschichte dieser U-Bahn-Station geschrieben stand. Auf diese Weise konnte niemand mein Gesicht sehen. Gelegentlich blickte ich über die Schulter und wartete darauf, daß Powers auftauchte. Zwei Leute verließen den Zug und schritten auf den Ausgang zu. Niemand stieg ein. Die Türen schlossen sich wieder. Ein Zischen erklang, und der Zug fuhr ab.

Eine Zeichnung des Tunnels hing an der Wand vor mir. Die Tafel besagte, daß es der älteste Tunnel Londons sei, gebaut von einem gewissen Marc Brunel zwischen 1825 und 1843. Damals waren sie wahrscheinlich zu Fuß durchgegangen oder mit einer Kutsche durchgefahren. Ob man immer noch hindurchgehen konnte?

Ich lief zum Tunneleingang zurück. In der Ferne hörte ich den Zug davonrauschen. Irgendwie glaubte ich nicht, daß Powers sich dort herumtrieb. Es war zu dunkel, zu gefährlich. Ein falscher Schritt, und man streifte eine elektrische Leitung und wurde geröstet. Außerdem konnte ja auch jeden Moment ein Zug durch die Dunkelheit auf einen zurasen. Man mußte verrückt sein, um dort herumzulaufen. Sicher, Johnny Powers war verrückt, aber Fence sicher nicht – und ich auch nicht.

Ich wollte gerade gehen, als ich eine Tür entdeckte. Ein paar Stufen führten von der Plattform zum Ende des Tunnels. Von dort gelangte man an drei Blecheimern und einem alten Sicherungskasten vorbei zu einer braunen Tür.

Es schien ein Versuch wert zu sein; außerdem war niemand in der Nähe. Ich schlüpfte an einem Schild vorbei, das vor dem Zutritt warnte, und ging weiter. Zuerst dachte ich, die Tür wäre verschlossen. Ich drückte und zog vergeblich an ihr, bis ich erkannte, daß es eine Schiebetür war, und ich sie aufschob. Ich ertastete einen Lichtschalter und knipste ihn an.

Die Tür war eine einzige Enttäuschung. Sie wies in einen Raum, der abgesehen von zwei Telefonen, irgendwelchem Abfall und fünfzig Jahre altem Staub völlig leer war. An einer Seite gelangte man in eine Art Lagerraum, die andere war weiß gefliest mit einem alten Wasserhahn an der Wand. Wenn Powers hier gewesen war, war er es jetzt jedenfalls nicht mehr. Der Raum führte nirgendwohin. Powers hatte mich abgehängt, und ich wußte es. Ich wußte nur nicht, wie.

Blieb mir also nichts anderes übrig, als nach Hause zurückzugehen, bevor mich irgendwer vermißte. Ich nahm den Lift und eilte, ohne gesehen zu werden, aus der U-Bahn-Station. Wo war Powers hingegangen? Er hatte keinen Zug genommen und war auch nicht durch den Tunnel gegangen. Er hatte sich aber auch nirgendwo verstecken können. Es war zum Verzweifeln. Ich hatte geglaubt, Powers führte mich geradewegs zu Fence, statt dessen endete ich in einem dunklen U-Bahn-Schacht.

Ich trat gegen eine leere Zigarettenschachtel und ging, die Hände tief in den Taschen vergraben, die Straße zurück. Wäre ich nicht so enttäuscht gewesen, dann wäre ich vielleicht etwas wachsamer gewesen. Ich erinnere mich noch, daß ich einen Wagen herankommen hörte, ohne ihn jedoch zu beachten. Als er abrupt abbremste, hätte ich reagieren müssen. Ich drehte mich herum, als die Türen geöffnet wurden – aber es war viel zu spät.

Irgend jemand stürzte sich von hinten auf mich. Ich wurde von den Beinen gerissen. Ich schrie und versuchte mich freizuwinden. Dann traf eine Faust mein Kinn. Meine Kräfte schwanden. Ohne mich wehren zu können, wurde ich in den Wagen geschafft, und dann fuhren wir los.

In meinem Kopf drehte sich alles. Und die eine Hälfte meiner Zähne schien sich lautstark von der anderen zu verabschieden. Erst dachte ich, die Polizei hätte mich geschnappt. Aber bald wußte ich, daß es keine Polizisten waren. Nein, diese Typen waren Ganoven von der übelsten Sorte.

11 Big Ed

Drei Kerle saßen im Auto. Zwischen zwei von ihnen wurde ich in den Fond gezwängt. Der dritte fuhr. Auf der Ablage hinter mir stand ein Plastikhund, nur daß er nicht mehr vor sich hin nicken konnte, weil ihm jemand den Kopf abgerissen hatte. Das paßte zu diesen Typen. Solche Leute guckten sich erst eine Folterkammer an und gingen dann geradewegs in eine Kunstausstellung.

Der Fahrer war ein Punker. Er hatte kurzgeschorenes, hellgrünes Haar und zwei Ohrstecker. In seinen Nacken hatte er sich eine Tarantel tätowieren lassen. Er kaute Kaugummi, und jedesmal, wenn er seinen Mund bewegte, fletschte er die Zähne. Mehr konnte ich von meinem Platz aus nicht erkennen, aber es reichte völlig, um mir zu wünschen, irgendwo anders zu sitzen.

Die beiden anderen Männer – sie waren um die dreißig – hätten Brüder sein können. Oder Schwestern. Oder irgend etwas dazwischen. Die fetten unrasierten Wangen, die kräftigen Oberarme, die Bierbäuche und die kahlen Schädel . . . alles absolut männlich. Nur ihre Handtaschen und geblümten Kleider paßten nicht so recht dazu. Einer von ihnen hatte eine breite Narbe auf der Wange. Er hatte versucht, sie mit Puder zu überdecken, aber dazu hätte es mehr bedurft, einer Plastiktüte zum Beispiel.

In den ersten fünf Minuten sagte niemand ein Wort. Wir überquerten den Fluß und fuhren Richtung Südwesten. Ich versuchte mich anders hinzusetzen, und einer der Kerle rammte mir seinen Ellbogen in die Rippen.

»Bleib hübsch ruhig, Bürschchen«, sagte er mit einer

Stimme, die so tief klang, als käme sie von unterhalb der Gürtellinie.

»Wohin fahren wir?« fragte ich. »Für wen arbeitet ihr Jungs?«

»Das wirst du bald erfahren.«

Der Punk kicherte, und seine Tarantel hüpfte auf und ab. Ich knirschte mit den Zähnen. Es war nicht das erste Mal, daß man mich ziemlich unsanft zu einer Spazierfahrt überredet hatte. Aber ich begann zu begreifen, daß es, wenn ich nicht irgendwie die Kurve kratzte, vielleicht meine letzte sein würde. Was ich keineswegs fair gefunden hätte. Ich war zu jung, um zu sterben, und ich hatte keine Lust, von Typen in Frauenkleidern umgebracht zu werden. Was würden meine Eltern dazu sagen?

Ich kratzte die Kurve, als der Wagen vor einer roten Ampel abbremste. Ich glaubte, die Sache perfekt getimt zu haben. Wir steckten im dichtesten Verkehr. Der eine Typ glotzte aus dem Fenster, und der andere saß mit halbgeschlossenen Augen da. Pack den Griff, reiß die Tür auf, und schon bist du draußen, bevor sie noch ihre Puderdosen nach mir werfen.

Aber ich hatte sie unterschätzt. Ich rutschte nach vorn, meine Hand glitt zum Türgriff, da packte mich einer dieser Kerle. Ich versuchte zu schreien, die Aufmerksamkeit anderer Autofahrer zu erregen, aber ich hatte meinen Mund noch nicht richtig geöffnet, als mich irgendein harter Gegenstand im Nacken traf. Ich glaube, es war die Handtasche. Der Wagen schleuderte herum. Ich dachte an den Plastikhund, dann gingen bei mir die Lichter aus.

Als ich erwachte, saß ich wieder hinter Gittern, doch nicht eigentlich in einem Gefängnis. Ich befand mich in einem länglichen, engen Raum, der mir irgendwie bekannt vorkam. Mein Kopf schmerzte, und ich hatte einen ekligen Geschmack im Mund. Ansonsten war ich ziemlich okay.

Plötzlich hörte ich von draußen ein Geräusch. Ein Rauschen und Rumpeln, und ich begriff, wo ich mich befand. Ich hätte es sofort an den blanken Bohlen, dem Metallgitter, dem engen Durchgang, den kleinen quadratischen Fenstern und der Notbremse erkennen müssen. Ich saß im Dienstabteil eines Schaffners in irgendeinem Zug. Aber der Zug fuhr nicht. Wo also war ich? Victoria Station?

Ich hockte ungefähr zwei Stunden in dem Abteil. Es hatte bereits gedämmert, als ich erwacht war, aber nun war es richtig dunkel draußen. Ich konnte Lichter hinter dem Drahtgitter sehen, das vor dem Fenster hing. Ich erwartete, daß der Zug jeden Moment anfuhr, aber er tat es nicht. Ich kriegte allmählich Hunger. Ich hatte seit dem Frühstück nichts mehr gegessen und hoffte schon, ein Schaffner könnte mit einem British Rail-Sandwich herumlaufen, als die Tür geöffnet wurde und der Punker im Durchgang auftauchte.

Er kaute noch immer Kaugummi und kicherte wieder. Er hatte eine Sicherheitsnadel in der Nase, doch nicht zur Zierde. Sie hielt das Ding zusammen. Er hatte ein Gesicht, das aussah, als könnte es jeden Moment auseinanderfallen. Kalkweiß und ausgemergelt. Sie kennen vielleicht diese Anzeigen, in denen vor Drogen gewarnt wird. Nun, dieser Typ kannte sie offenbar nicht.

Er holte ein Schlüsselbund heraus, schloß die Abteiltür auf und öffnete sie. Ich stand mühsam auf. »Wenn Sie meinen Fahrschein sehen wollen«, sagte ich, »ich habe keinen.«

Er kicherte.

»Sprechen Sie Englisch?« fragte ich.

Er deutete mit dem Kopf in die Richtung, aus der er gekommen war. Er sagte kein Wort.

Ich folgte ihm aus dem Dienstabteil in einen anderen Wagen. Hier waren die Fenster nicht verhängt, und ich sah, daß wir auf einem Rangiergleis neben irgendeinem Lagerplatz standen. Ein großer Stapel Holz versperrte die Sicht, ich konnte nur ein paar Rollen Stacheldraht und einige Ölfässer ausmachen. Der Platz war eingezäunt. Niemand war in der Nähe.

Der zweite Waggon war ein Schlafwagen. Wir gingen an fünf Türen vorbei, und die fünfte stand offen. Ich warf einen Blick hinein und sah ein Himmelbett, nur daß der Himmel ziemlich tief hing, weil man ihn sonst nicht ins Abteil bekommen hätte. Ein Plüschteppich bedeckte den Boden, und eine antike Truhe stand vor dem Fenster. Ein Kronleuchter hing von der Decke. Das gehörte alles nicht zum Inventar von British Rail. Soviel war sicher. Andere Dinge aber waren nicht so sicher, mein Leben zum Beispiel.

Wir gelangten in einen dritten Waggon. Er wurde durch eine einfache Holztür versperrt, die irgendwie überhaupt nicht in einen Zug paßte. Der Punker klopfte an und öffnete sie. Wir traten ein.

Klassische Musik. Das war das erste, was ich hörte. Bach oder Vivaldi auf einer verdammt teuren Anlage gespielt. Der ganze Wagen war ziemlich aufwendig aufgemöbelt worden. Seidentapete, Samtvorhänge, zwei Kronleuchter . . . die Möbel hätten glatt aus Woburn Abbey stammen können. Eine Hausbar neben der Tür. An einer Wand nur Bücher. Ein

Kamin am anderen Ende mit einem künstlichen Feuer.

Die Beverly Sisters aus dem Auto saßen zusammen auf einer Chaiselongue. Eine las einen Liebesroman, die andere strickte. Zwei andere Typen waren im Raum. Eine Frau in einem Samtkleid, das an den richtigen Stellen eng und an den falschen noch enger saß. Ihr Haar war so blond, das es irgendwie künstlich aussah. Außer ihr war noch ein Mann da, von dem ich annahm, daß er der Boß in diesem Laden war.

Er war ungefähr fünfzig, trug einen teuren Schlafrock, mit Seide gefüttert und aufgesetzten Revers. Sein Haar war so weiß, daß jeder Albino neidisch geworden wäre. Seine Augen waren beinahe ohne jede Farbe. Er rauchte eine Zigarette in einer langen, schwarzen Zigarettenspitze und nippte an einem Martini.

»Guten Abend«, sagte er. »Ich bin Big Ed.«

Ich zuckte die Achseln. »Sie sehen eher aus wie ein Big Mac«, sagte ich.

Die eine Schwester blickte von ihrem Buch auf. Es war diejenige, die mir im Wagen das Ding verpaßt hatte. »So redet man nicht mit Big Ed«, grunzte er.

»Warum nicht?« fragte ich. »Der große Bahnhof, mit dem er mich hier empfängt, imponiert mir nicht sonderlich.«

Der Punker kicherte wieder. Big Ed streifte die Asche von seiner Zigarette ab.

»Nicholas Simple«, sagte er. Er hatte eine weiche, müde Stimme, die beinahe ein Flüstern war. »Es ist nett, dich kennenzulernen. Ehrlich gesagt bin ich fast gestorben vor Neugier.«

»Schade, daß Sie es nicht getan haben«, sagte ich.

Er antwortete nichts darauf. »Ich hatte meine Jungs losgeschickt, damit sie Johnny Powers aufgabelten«, fuhr er fort. »Sein Glück, daß sie ihn verpaßten, dein Pech, daß sie dich fanden.« Er drückte seine Zigarette aus und spielte mit den Oliven in seinem Glas. »Mit Powers werden wir später noch fertig. Jetzt müssen wir uns überlegen, was wir mit der Nummer zwei anstellen.«

»Wie wäre es mit einem Drink und einem Sandwich?« schlug ich vor.

Er schüttelte den Kopf. »O nein. Weißt du, ich hatte einen Revolver in den Knast geschleust. Drei meiner Jungs waren dabei, Johnny Powers ein wenig aufzumischen, als ihnen jemand in die Quere kam, du vermutlich. Einer von ihnen erlitt üble Verbrennungen: Zuckie Hommel. Nicht einmal seine Mutter erkennt ihn mehr wieder. Und genau die ist meine Schwester. Zuckie ist mein Neffe.«

Das war keine besonders gute Nachricht. Big Ed lächelte nun nicht mehr, und seine Augen funkelten dunkelrot.

»Ich würde gern wissen, wo Powers ist«, sagte er. »Ich könnte dich natürlich fragen, aber du würdest es mir nicht sagen.«

»Ich weiß es nicht«, murmelte ich. »Wir könnten vielleicht zu einer Art Vereinbarung kommen . . .«

»Das glaube ich nicht.« Er schürzte die Lippen. »Die einzige Vereinbarung, die für dich noch Sinn hat, ist die mit einem Beerdigungsunternehmen.«

Er stand auf und ging auf mich zu. Für eine Sekunde dachte ich daran, ihn anzugreifen, ihm vielleicht eine antike Lampe auf den Kopf zu schlagen, aber den Gedanken ließ ich sofort wieder fallen. Der Punker stand rechts hinter mir. Und die beiden häßlichen Schwestern hatten schon bewiesen, daß ihre Kinderstube nicht die feinste gewesen war.

»Ich werde Powers kriegen«, fuhr Big Ed fort. »Der

Süden und der Westen Londons gehören mir. Wo soll das hinführen, wenn kleine Kinder einem das Geschäft vermasseln können? Ich mag keine Kinder, und ich mag dich nicht, Simple. Deshalb mußt du von der Bildfläche verschwinden.«

Er wies zum Fenster.

»Das hier ist mein Versteck«, sagte er. »Die Bullen finden mich hier nicht. Niemand weiß davon, obwohl der Clapham-Bahnhof nur ein paar Minuten entfernt liegt. Ich habe diese Waggons vor zehn Jahren gekauft und umbauen lassen. Das Rangiergleis ist stillgelegt. Aber wenige Meter von hier verlaufen die wichtigsten Eisenbahnlinien in ganz England.«

»Was hat das alles mit mir zu tun?« fragte ich.

»Ich dachte, dich könnte interessieren, wo du sterben wirst«, sagte er. »Und wie. Der Zug . . .« Er sah auf die Uhr und schnippte mit den Fingern. Der Punker packte mich von hinten. »Nimm ihn mit raus und erledige die Sache, Spike«, befahl Big Ed. »Harvey und Tootsie – ihr geht mit ihm.« Die beiden Schwuchteln standen auf. »Nett, dich kennengelernt zu haben, Simple«, sagte er. »Denk an Zuckie und denk an mich und einen angenehmen Tod.«

Ich wurde aus dem Waggon gezerrt. Er mußte wohl eine Doppelverglasung haben, denn sobald ich draußen war, hörte ich das Rattern und Rumpeln der Züge in der Dunkelheit. Es hatte angefangen zu regnen. Erst nieselte es nur, doch dann, als ich über den Lagerplatz zu den Schienen geschoben und gestoßen wurde, regnete es heftiger. Ein richtiger Wolkenbruch. Binnen weniger Sekunden waren wir vier völlig durchnäßt.

Wegen des Regens sah ich auch wenig von der Umgegend. Ich konnte lediglich die Lichter des Clapham-Bahnhofs in der Ferne ausmachen.

Wir überquerten sechs oder sieben Gleise, der Schotter knirschte unter unseren Schritten. Einmal stoppten wir, als ein Intercity an uns vorbeiraste, die Fenster nur ein fliegender gelber Lichtschimmer. Ich dachte, daß uns vielleicht jemand sah, aber das war in der Dunkelheit und bei dem dichten Regen unmöglich. Dann versetzte der Punker mir einen Hieb zwischen die Schultern. Ich stolperte und stürzte. Tootsie und Harvey ergriffen meine Arme und Beine, und noch bevor ich überhaupt wußte, was geschah, fesselten sie mich an die Schienen. So geschickt, wie sie das machten, mußten sie einige Übung darin haben. Sie brauchten weniger als eine Minute. Als sie fertig waren, saß ich fest wie ein Brathähnchen im Grill. Meine Hände waren an die eine Schiene gebunden und meine Füße an die andere. Mein Nacken lag auf hartem Metall.

Dann beugte Tootsie sich über mich. Sein Haar fiel mir ins Gesicht, und sein Make-up war zerlaufen, aber er lächelte.

»Hier kommt heute nacht nur ein Zug vorbei«, sagte er. »In genau zehn Minuten. Er hält nicht bis Waterloo. Und er hält auch nicht für dich.«

»Wart' 'ne Minute . . .« begann ich, aber er stopfte mir ein Taschentuch in den Mund. Ich versuchte, es auszuspucken. Er band ein Tuch um meinen Kopf und knebelte mich.

»Niemand wird dich sehen«, zischte er. »Und niemand wird dich hören. Zehn Minuten. Denk dran, Bürschchen. In zehn Minuten ist von dir nicht mehr viel übrig.«

Der Punker kicherte ein letztes Mal. Tootsie stand auf und strich sich über ihr Kleid. Dann hakte sie sich bei Harvey ein und ging. Ich blieb allein zurück, gefesselt und geknebelt. Der Regen wurde noch heftiger.

12 Befreit

Eines Tages werde ich ein Buch schreiben. Es wird ›Heikle Situationen‹ von N. Simple heißen. Aber suchen Sie dann nicht nach einem Kapitel, das überschrieben ist ›Wie ich mich bei strömendem Regen und während ein Zug mit neunzig Meilen die Stunde auf mich zuraste selbst von den Schienen befreite‹. Sie werden es nicht finden. Weil es nicht so war.

Sobald Tootsie, Spike und Harvey verschwunden waren, versuchte ich meine Füße zu bewegen, aber ich konnte nicht einmal mit den Zehen wackeln. Ich versuchte meine Hand durch das Seil zu ziehen, aber das war in meiner Lage genauso aussichtsreich wie wegzufliegen. Sie hatten mich fest an die Schienen gebunden. Das Seil schnitt mir so ins Fleisch, daß ich schon Durchblutungsstörungen kriegte. Der Regen machte die Sache auch nicht gerade leichter. Es regnete so stark, daß ich nicht einmal selbst sehen konnte, was ich eigentlich tat. Aber ich glaube, es spielte auch keine Rolle mehr. Denn genaugenommen tat ich nichts. Es gab nichts mehr zu tun.

Plötzlich hörte ich ein lautes Rumpeln. Ich brachte es fertig, meinen Kopf zu drehen, und sah einen riesigen Zug durch den Regen auf mich zurasen. Zumindest sah er aus meiner Position riesig aus. Ich versuchte zu schreien, aber der Knebel hinderte mich dran. Ich konnte schon den Lokomotivführer sehen, rauchend saß er hinter seiner Scheibe. Mein ganzer Körper krampfte sich zusammen. Gleich würde ich überrollt werden. Ich stammelte noch ein Gebet. Eigentlich glaube ich zwar nicht an Gott, und wie die Dinge standen, schien Gott auch nicht an mich zu glauben.

Aber man konnte ja nicht wissen, und sicher ist sicher . . .

Der Zug hatte mich fast erreicht. Dann hörte ich ein lautes Klacken, und er sauste an mir vorbei. Irgendwer mußte irgendwo eine Weiche verstellt haben. Der Zug schoß auf dem Gleis rechts von mir vorüber. Mein Kopf war vielleicht einen halben Meter von seinen Rädern entfernt. Das war nicht sonderlich angenehm, aber angenehmer als überrollt zu werden. Ich konnte die Leitungen und Rohre unter den Waggons sehen. Es war ein verdammt langer Zug.

Der Regen peitschte auf mich herab. Irgendwo sprang ein Licht von Rot auf Grün. Ich hörte ein Klacken; eine andere Weiche wurde gestellt, um den nächsten Zug in die richtige Richtung zu lenken. Eine einsame Taube flog über mir einen weiten Boden. Die Wolken zogen dahin.

Plötzlich zitterte ich. Das war merkwürdig, denn ich hatte die ganze Zeit geglaubt zu zittern, aber dann begriff ich, daß nicht ich zitterte, sondern die Schienen unter mir. Erst war es nur ein schwaches Vibrieren, aber mit jeder Sekunde wurde es stärker. Ich konnte nichts sehen und nichts hören, aber ich wußte, ein Zug schoß heran, und zwar auf meinem Gleis.

Ich glaube, ich fing wie ein Wilder an zu toben. Ich versuchte alles, spannte meine Muskeln an, zerrte mit Armen und Beinen an den Fesseln. Vergeblich. Ich quetschte mir nur meinen Knöchel und zerriß meine Hose. Ich versuchte mich zu beruhigen. Die Dinge standen nicht so schlecht, sagte ich mir selbst. Ich meine, es gibt Schlimmeres im Leben, als von einem Zug überrollt zu werden. Ich dachte nach, was das sein könnte. Mir fiel aber nichts ein. Und wie ein Wilder begann ich wieder in meinen Fesseln zu zerren.

Ich wand und drehte mich, als ich in der Ferne ein

Pfeifen vernahm. Es jagte wie ein teuflisches Gespenst durch die Nacht. Der Zug konnte nicht weiter als eine Meile entfernt sein. Das gab mir vielleicht noch zwei Minuten zu leben. Hier liegt Nick Simple, dreizehn Jahre, sieben Monate und ein paar Tage alt. Ein Junge, der das Leben in vollen Zügen genoß und dabei unter einen geriet.

Dann tauchte der Mann auf.

Ich glaube, es war ein Mann. Er war aus dem Nichts gekommen und stand plötzlich über mir. Er trug einen Anorak und hatte die Kapuze so tief ins Gesicht gezogen, daß ich in dem dichten Regen sein Gesicht nicht erkennen konnte.

»MMggh«, sagte ich. »MMnn, nkkk . . .«

Nun, es ist nicht ganz einfach, sich mit einem Knebel im Mund gepflegt zu unterhalten.

Er beugte sich über mich, und für einen Moment glaubte ich, er wolle mir sein Messer ins Herz stoßen, um mich zu erledigen, bevor der Zug kam. Doch dann durchschnitt er die Fesseln an meinen Handgelenken. Ich setzte mich auf und zog mir den Knebel aus dem Mund. Die Schienen zitterten jetzt wie verrückt. Es fühlte sich an, als würde man mit leichten Elektroschocks bearbeitet.

Der Mann ließ das Messer fallen und ging. Er hatte kein einziges Wort gesagt. Ich hatte keine Ahnung, wer er war, und doch das merkwürdige Gefühl, ihn zu kennen. Ziemlich muskulös, breite Schultern, ein Schopf blondes Haar unter der Kapuze – mehr hatte ich nicht gesehen. Er war gegangen.

»Komm zurück!« schrie ich.

Er beachtete mich nicht, und ich hörte auf zu schreien. Das letzte, was ich wollte, war, Big Ed wissen zu lassen, daß ich frei war. Außerdem hatte ich jetzt keine Zeit für

Geplauder. Ich konnte den Zug schon sehen. Sein großer Scheinwerfer leuchtete wie das Auge eines Zyklopen. Ich schnappte mir das Messer und säbelte an den Fesseln um meine Knöchel herum. Meine Arme gehorchten mir irgendwie nicht. Das Messer rutschte ab, und ich schrie auf, als ich es fertigbrachte, mir in den Fuß zu stechen. Der Zug war nur noch ein paar Meter entfernt. Das Donnern der Maschine dröhnte in meinen Ohren. Ich schnitt eine Fessel durch, dann die andere. Der Zug schoß unerbittlich heran, aber ich war frei. Ich warf mich zur Seite. Einen Moment später, und es wäre zu spät gewesen.

»Ra-dum, ra-dum, ra-dum . . .«

Es mochten die Räder des Zuges sein oder mein eigener Herzschlag. Aber das war alles, was ich hörte, als ich neben den Schienen lag. Der Zug raste zwischen mir und meinem unbekannten Retter weiter. Als er vorübergefahren war, war der Mann verschwunden. Wer war er? Und warum war er nicht geblieben, damit ich ihm danken konnte? Breite Schultern und blondes Haar. Auf keinen von Big Eds Leuten paßte diese Beschreibung. Aber niemand sonst hatte wissen können, wo ich war.

Ich stand auf und hatte Mühe, mein Gleichgewicht zu finden. Ich war wirklich in keiner sonderlich guten Verfassung. Ich konnte kein Blut in meinen Fingern spüren, oder besser gesagt, ich spürte meine Finger überhaupt nicht mehr. Ich hatte meine Hose zerrissen und mir ins Bein gestochen. Und ich war naß bis auf die Haut und mit blauen Flecken übersät. Aber ich mußte zugeben, daß ich wahrscheinlich übler ausgesehen hätte, wenn ich nicht befreit worden wäre. Wer zum Teufel hatte das gemacht? Und wie hatte er mich gefunden?

Ich konnte aber schlecht mitten auf dem Rangierbahnhof stehen bleiben und mir den Kopf darüber zerbrechen. Das konnte ich später auch noch tun – wenn Big Eds Jungs das nicht für mich erledigten. Ich mußte abhauen. Ich begriff, daß meine Probleme keineswegs kleiner geworden waren. Wenn ich nach Wapping zurückginge, müßte ich Johnny und seiner Mutter irgendeine Erklärung für mein Verschwinden geben. Außerdem waren sie mehr als zwölf Stunden mit Herbert allein gewesen. Zwölf Stunden mit ihm, und sie würden mit Sicherheit Lunte gerochen haben – eine Lunte, die leicht unter meinem Hintern hochgehen konnte.

Irgendwie mußte ich ihr Vertrauen zurückgewinnen. Und die beste Möglichkeit, das zu tun, stand ein paar Meter von mir auf einem stillgelegten Rangiergleis. Ich hatte mit Big Ed sowieso noch eine Rechnung zu begleichen, und je eher ich das tat, desto besser. Ich fror erbärmlich, war naß bis auf die Knochen und völlig erschöpft. Und ich war wütend, sehr wütend. Es gab nichts, was Johnny nicht für mich tun würde, wenn ich ihm Big Ed vom Hals schaffte. Und ich hatte auch schon eine zündende Idee.

Ich ging zum Rangiergleis zurück. Die alten Ölfässer. Ich hatte sie gesehen, als sie mich zu den Gleisen geführt hatten . . . zehn Metallfässer mit der Aufschrift: LEICHT ENTFLAMMBAR. Zwei Worte, die auch mein Temperament gut beschrieben. Ich mochte solche Typen nicht. Es war an der Zeit, ihnen eine Abreibung Marke Nick Simple zu verpassen.

Keine Lichter brannten hinter den Fenstern, als ich mich Big Eds Wagen näherte. Ich fürchtete, er könnte Wachen postiert haben, aber es war niemand zu sehen. Warum auch hätten sie dastehen sollen? Er hatte mir selbst gesagt, daß die Polizei ihn hier nicht finden würde, und mit meinem Besuch rechnete er sicher nicht. Er würde tief und fest in seinem Himmelbett schlafen.

Spike, Harvey und Tootsie schlummerten im nächsten Wagen. Aber nicht mehr lange . . .

Der Regen begann nachzulassen. Zum Glück wurde der Mond von schweren Wolken verdeckt. Vorsichtig, um ja keinen Lärm zu machen, humpelte ich vom Waggon zu den Ölfässern. Ich klopfte leicht mit dem Finger an ein Faß. Es war voll. Jedes Faß war mit einer Metallkappe am Rand gesichert. Ich versuchte eine zu öffnen. Zuerst dachte ich, sie wäre eingerostet, doch dann, als ich das Messer benutzte, bekam ich sie ab. Ich öffnete vier Fässer. Der Geruch von Kerosin stieg mir in die Nase.

Die Fässer waren zu schwer, um sie zu heben. Mit aller Kraft stellte ich eines auf die Kante und ließ es dann langsam kippen. Trotzdem schlug es mit lautem Krach auf den Boden, und ich wartete ein paar Minuten, bevor ich es wieder wagte, mich zu bewegen. Doch in Big Eds Waggon rührte sich nichts.

Ich rollte das erste Faß über den Platz bis zu den Rädern des vordersten Waggons – dem mit den Kronleuchtern und der Hausbar. Das Öl oder was immer es war schwappte aus dem Faß, und eine stinkende Lache bildete sich auf dem Boden. Ich paßte auf, daß ich mich nicht vollspritzte, aber als ich endlich fertig war, roch ich wie eine Autowerkstatt bei Hochbetrieb. Ich hatte vier Fässer geöffnet. Drei rollte ich hinüber, ein Faß für jeden Waggon. Abgesehen vom Knirschen des Schotters und dem Glucksen des ausschwappenden Öls machte ich kein Geräusch. Fünf Minuten später hatte sich ein kleiner stinkender See um Big Eds Versteck gebildet. Und noch immer lief das Öl aus den Fässern.

Ich wischte mir die Hände an der Hose ab – sie wurden dabei noch dreckiger – und ging zu dem vierten Faß. Das rollte ich in die andere Richtung, weg von den

Waggons und zu den Gleisen. Es auf die Schienen zu heben war die größte Schwierigkeit. Es wog ungefähr eine Tonne. Aber dann war alles ganz einfach. Es paßte genau zwischen die Schienen und ließ sich mühelos rollen. Die Strecke zum Bahnhof Clapham verlief leicht abschüssig, und die Weichen bereiteten keine Probleme. Mit einer Hand rollte ich das Faß vor mir und ließ dabei eine bunt schillernde Ölspur hinter mir.

Mittlerweile sollten Sie meinen Plan durchschaut haben. Ein kleiner See leicht entflammbaren Öls unter Big Eds Versteck und eine lange Ölspur bis hin zum Bahnhof. Ich würde Big Ed ein wenig einheizen und ihm mit meinem Feuerwerk einen Freifahrtschein in die Hölle spendieren.

Auf dem Bahnhof Clapham fuhren um diese Zeit keine Züge mehr. Als ich auf den ersten Bahnsteig kletterte, war ich allein. Das vierte Faß war beinahe leer, und ich konnte es ohne Mühe auf die Plattform hieven. Ich rollte es an einem Cola-Automaten vorbei zu einem Telefonhäuschen. Dort ließ ich es stehen, um nach einem Streichholz zu suchen. Das dauerte etwas länger, als ich erwartet hatte. Schließlich fand ich im Wartesaal eine Streichholzschachtel. Ein Zündholz steckte noch in ihr.

Ich ging zum Telefon zurück und wählte die 999. Die Vermittlung meldete sich und fragte, welche Verbindung ich wünschte. Ich wollte die Polizei sprechen. Ein kurzes Klicken, eine Pause und dann eine Stimme.

»Hier die Polizeistation. Von wo sprechen Sie?«

»Hören Sie zu«, sagte ich. »Sind Sie daran interessiert, Big Ed zu finden?«

Darauf folgte ein langes Schweigen. Ich konnte mir die Verwirrung am anderen Ende der Leitung vorstellen. Ein weiteres Klicken war zu hören. Vielleicht versuchten sie festzustellen, woher der Anruf kam. Mich kümmerte das nicht. Ich wäre längst über alle Berge, wenn sie ankamen.

»Hallo?« sagte eine andere Stimme. Oder vielleicht war es auch dieselbe.

»Ich weiß, wo Sie Big Ed finden können«, sagte ich. »Wenn Sie ihn haben wollen.«

»Wer spricht denn da überhaupt?«

»Das tut nichts zur Sache.« Mich fröstelte. Es war verdammt kalt geworden. »Wollen Sie ihn haben oder nicht?«

»Sicher wollen wir ihn haben.« Das war die zweite Stimme. Sie mußten sich den Hörer gereicht haben, während ich gesprochen hatte. »Wo ist er?«

»Er hat drei Eisenbahnwaggons auf einem Rangiergleis etwas außerhalb vom Bahnhof Clapham«, sagte ich. »Direkt neben einem Lagerplatz.«

»Dort gibt es eine Menge Lagerplätze«, sagte die Stimme. »Wie sollen wir ihn da finden?«

Ich antwortete nicht. Ich klemmte mir den Hörer unters Kinn und zündete das Streichholz an. In der windstillen Zelle flackerte es auf. Mit den Öldämpfen überall um mich herum war ich fast überrascht, daß ich nicht augenblicklich in die Luft flog. Ich warf das Streichholz auf den Bahnsteig. Das Öl brannte sofort. Ich sah, wie die Flammen über den Bahnsteig krochen, dann über die Kante auf die Schienen. Wie ein sagenhaftes, mythisches Tier mit Federn aus Feuer eilte es durch die Nacht geradewegs auf Bid Eds Waggon zu.

»Wie finden wir ihn?« fragte die Stimme wieder.

»Wird nicht schwer sein«, sagte ich und hängte ein.

13 Ende der Welt

Ich war vorsichtiger, als ich den Bahnhof Clapham verließ. Ich war noch immer naß bis auf die Haut, und ich stank bestialisch nach Öl. Ich mußte ganz London durchqueren, dessen gesamte Bevölkerung wahrscheinlich nach mir suchte. Und wenn ich nach Wapping zurückkäme, würde ich höchstwahrscheinlich erschossen werden. Aber sonst hatte ich keine Sorgen. Ich hatte einen wirklich netten Tag gehabt.

Ich trat in einen Hauseingang, als zwei Polizeiwagen mit eingeschalteten Sirenen an mir vorbeijagten. Vielleicht waren sie es, die mich zu einem Entschluß kommen ließen. Ich hatte keinen Grund, zu Powers und seinen Jungs zurückzukehren. Selbst wenn sie mich zu Fence führen würden, könnte ich mit meinem Wissen wenig anfangen. Denn Snape und Boyle waren tot. Wer würde mir meine Geschichte glauben? Selbst Herbert, der mich besser kannte als jeder andere, hatte ich erst nach langem Hin und Her überzeugen können.

Aber vielleicht hatte die beiden Polizisten ja jemand gesehen, als sie zu mir in die Schule gekommen waren. Chef-Inspektor Snape und sein unangenehmer Assistent waren Typen, die man nicht so schnell vergaß. Wenn ich beweisen könnte, daß sie mich vor der Sache in Woburn Abbey besucht hatten, würde meine Geschichte schon viel glaubwürdiger klingen. Die einzige Frage war: Wer hatte die beiden möglicherweise gesehen? Es war ziemlich spät gewesen an jenem Dienstagnachmittag, als die beiden aufgetaucht waren. Jeder war längst nach Hause gegangen. Darauf hatten die beiden ja auch gewartet, damit sie mich allein sprechen konnten.

Aber es gab vielleicht eine Person, die sie gesehen

hatte: Noel Harvey St. John Palis. Er war der Typ Pauker, der im Lehrerzimmer saß und aufpaßte, daß ich mich nicht vor der Zeit davonstahl. Und das Lehrerzimmer lag zwischen der Eingangstür und meinem Klassenzimmer. Wenn irgend jemand die beiden Polizisten gesehen hatte, dann er. Zufällig wußte ich, wo mein Französischlehrer wohnte. Ich hatte einmal vergessen, einen Aufsatz abzugeben, und er hatte mir befohlen, ihn ihm nach Hause zu bringen. Die Wohnung lag in der Nähe der King's Road in einer Kante, die Ende der Welt genannt wurde. Dorthin konnte ich gehen. Es war nicht so weit wie bis nach Wapping, und ich würde ihn mit ziemlicher Sicherheit antreffen.

Ich trat aus dem Hauseingang, hielt mich aber im Schatten. Wahrscheinlich würde man mich eher riechen als sehen. Wenn mich jemand anhielt, würde ich sagen, ich wäre mit einem Wermutbruder aneinandergeraten, und da wäre so mancher Wermutstropfen auch auf mich gefallen. Als ich mich in einem Schaufenster erblickte, hätte ich mich beinahe selbst nicht erkannt. Ich sah aus, als wäre ich einem Werbeplakat für Pioniere entsprungen. Mein Haar war zerzaust und verklebt. Ich hatte dunkle Ringe unter den Augen. Meine Kleider hingen in Fetzen, und ich schien ein paar Kilo abgenommen zu haben. Nun, Big Ed hatte das Seine dazugetan, aber vermutlich sah er noch ein wenig übler aus.

Ich folgte der Buslinie 49 bis zur Themse und über die Battersea Bridge. Es hatte endlich aufgehört zu regnen, aber das war mir jetzt sowieso egal. Den Fluß zu überqueren war die schwierigste Angelegenheit. Außerdem waren noch überraschend viele Autos unterwegs, wenn man bedachte, wie spät es war. Jedesmal, wenn eines an mir vorbeisauste, schrak ich zusammen und versuchte mein Gesicht zu verbergen. Wenn ein Polizeiwagen in diesem Augenblick über die Brücke gefahren wäre, hätten Sie sich das Kapitel vierzehn wohl selbst schreiben müssen.

Aber ich hatte mich bereits bis Chelsea durchgeschlagen, als ich entdeckt wurde.

Ich hatte die Ampel an der King's Road erreicht, als ich innehielt, um mich zu orientieren. Zwei Polizisten standen auf der anderen Seite vor der National Westminster Bank. Zuerst ließen sie es sich nicht anmerken, daß sie mich erkannt hatten. Nach allem, was sie wußten, war ich bewaffnet und gefährlich. Aus den Augenwinkeln sah ich, wie der eine den anderen anstieß und dann in den Kragen seiner Jacke hineinsprach. Er hatte aber nicht etwa einen kleinen Mann auf seiner Schulter sitzen, sondern ein Funkgerät in der Jacke. Er rief Verstärkung heran.

Nun, ich bog wie zufällig nach links ab und schlenderte die King's Road Richtung Ende der Welt hinunter. Ich brauchte mich nicht umzuschauen, um zu wissen, daß die beiden Polizisten mir folgten. Aber ich tat immer noch so, als wäre ich ein kleiner, harmloser Junge, der einen Abendspaziergang machte. Die Lumpen und der Gestank nach Öl? Nichts von Bedeutung, Officer. Ich kleide mich immer so, seit ich Sartre gelesen habe. Ich bog um eine Ecke. Für einen Moment war ich ihren Blicken entwichen. Ich rannte los.

Aber es war zu spät. Ich hatte ihn gesehen, als ich losspurtete: ein Polizeiwagen, der mit siebzig Sachen auf mich zuraste. Und man hatte mich gleichfalls gesehen. Plötzlich ging die Sirene an, und der Wagen brach seitlich aus, um mir den Weg abzuschneiden. So schnell ich konnte sprintete ich los, bog scharf nach links an einem Pub vorbei, in eine enge Gasse hinein. Ich hörte das Quietschen der Reifen, als der Polizeiwagen mir folgte. Die erste Straße rechts war die Ann Lane, dort wohnte Palis. Vor einem halbfertigen Mietshaus stand ein Container, und ich sprang Hals über Kopf hinein, ohne nachzusehen, was drin war.

Der Polizeiwagen schoß um die Ecke und fuhr die Straße entlang. Seine Sirene riß vermutlich halb Chelsea aus dem Tiefschlaf. Sobald der Wagen vorbeigefahren war, steckte ich meinen Kopf heraus. Neben dem üblichen Bauschutt hatte irgend jemand die Reste eines opulenten Mahls in den Container gekippt. Mein Aufzug war sowieso nicht gerade der feinste gewesen, aber nun sah ich wie ein wandelnder Komposthaufen aus, und ich roch auch so. Doch mein extravagantes Outfit konnte mich im Augenblick nicht kümmern. Die Ann Lane war eine Sackgasse, und der Polizeiwagen würde jeden Moment zurückkommen.

Ich war vielleicht zehn Schritte gelaufen, als die Scheinwerfer hinter mir auftauchten. Der Polizeiwagen hatte gedreht und fuhr langsam zurück. Sie suchten mich. Ich blickte mich um. Es gab nirgends ein Versteck auf der Straße, wo ich mich hätte verkriechen können. Aber vielleicht über der Straße? Ein Wagen parkte quer auf dem Gehsteig. Ohne innezuhalten, lief ich über die Motorhaube auf das Dach und sprang von dort auf eine Garage, oder was immer es war. Ich hatte ein paar hübsche Fußabdrücke auf der Karosserie hinterlassen, aber mit etwas Glück würde sie niemand entdecken. Ich warf mich flach auf den Bauch. Der Polizeiwagen hielt.

Daß Palis in Chelsea wohnte, bedeutete nicht, daß er reich war. Er besaß ein kleines Haus in einer langen Reihe, die nach vorn auf die King's Road und nach hinten zur Ann Lane hinauswies. Die Häuser sahen alle gleich aus, zweigeschossig mit Gardinen und Blumen vor dem Fenster und Milchglas dort, wo die Klos waren – in jedem Haus direkt über der Eingangstür. Trat man aus der Tür, fand man sich in einem winzigen Garten wieder, in dem Kinderwagen und anderes Zeug herumstanden, für das es in den Häusern keinen Platz mehr gab.

Die Häuser waren über einer Reihe von Läden gebaut worden. Das Dach, auf dem ich flachlag, gehörte zu einem dieser Läden. Über mir verlief ein weißes Geländer. Wenn ich darüber kletterte, befand ich mich auf Höhe der Eingangstüren. Mit anderen Worten, die Wohnungen lagen über mir, und der Polizeiwagen stand unter mir. Und ich saß in der Mitte fest.

Plötzlich hörte ich Schritte auf dem Gehsteig. Als ich hinuntersah, konnte ich die Helme der beiden Polizisten ausmachen, die mich zuerst entdeckt hatten. Sie hielten neben dem Polizeiwagen inne.

»Irgendeine Spur von ihm?«

»Nein. Er muß kehrtgemacht haben.«

»Seid ihr sicher, daß er es war?«

»Absolut. Ein kleiner, schmutziger Ganove . . .«

Nun, ich hatte nicht vor, ihnen zu widersprechen, wenn sie nur endlich abhauten und mich in Ruhe ließen. Aber dann passierte das, was nicht passieren durfte. Über mir ging ein Licht an. Es fiel genau auf mich. Eine Tür wurde geöffnet, und jemand stolzierte heraus, um sich über den Balkon zu lehnen und den Polizisten etwas zuzurufen.

»Was ist los?« fragte eine Stimme, die ich verdammt gut kannte.

Ich drehte mich herum. Palis war auf den Balkon herausgekommen. Er trug einen Morgenmantel und einen Pyjama. Er lehnte sich vor und schaute zu den Polizisten herunter. Ich lag genau in seinem Blickfeld. Er mußte mich sehen. Er konnte gar nicht anders. Für einen Moment runzelte er die Stirn, und mich schauderte. Ein

Wort von ihm, und ich war geliefert. Verzweifelt legte ich einen Finger auf die Lippen und blickte ihn flehend an.

»Wir suchen jemanden«, sagte einer der Polizisten. »Einen Jungen . . .«

»Und warum machen Sie dabei einen solch infernalischen Lärm?« fragte Palis, und ich wagte wieder zu atmen. Für den Moment war ich in Sicherheit.

»Er ist gefährlich, Sir«, sagte der Polizist.

»Daß bin ich auch, wenn ich mitten in der Nacht aus dem Schlaf gerissen werde«, schnappte Palis. »Er ist ganz offensichtlich nicht hier, daher schlage ich vor, Sie gehen jetzt wieder und wecken woanders die Leute auf.«

Nach ein paar weniger freundlichen Erwiderungen gingen die Polizisten zur King's Road zurück, und der Polizeiwagen fuhr davon. Palis blickte mich an. »Simple?« fragte er ungläubig.

»Ja, Sir.« Ich stand auf. »Ich danke Ihnen, Sir.«

»Du kommst besser herein, bevor dich jemand sieht«, sagte er.

Ich kletterte über das Geländer zu ihm auf den Balkon. »Danke«, sagte ich, »daß Sie mich nicht verraten haben.«

Er lächelte. »Nun, ich hatte einen guten Grund . . .«

»Ich bin unschuldig«, rief ich aus. »Ich habe nichts von dem getan, was man mir vorwirft. Von Anfang an habe ich für die Polizei gearbeitet. Ich tue es immer noch . . . es ist nur etwas schwer zu erklären.«

»Du kommst besser herein«, sagte er wieder, und ich folgte ihm in die Wohnung.

Es war genau die Art Wohnung, wie man sie von einem Französischlehrer erwartet. Auf dem Kaminsims stand ein Modell des Eiffelturms, und auf dem Tisch lagen stapelweise Bücher: französische Klassiker, Kunstbücher und Übungshefte aus der Schule. Er hatte sogar eine Pin-Wand, wie sie vor dem Lehrerzimmer hing –

mit Theaterprogrammen, Stundenplänen und ähnlichem Zeug. Palis war ordentlich, aber er war nicht reich. Der Teppich war aus Nylon, die Möbel sahen aus, als hätte er sie gebraucht gekauft. Er lebte allein. Das wußte ich, ohne fragen zu müssen.

»Setz dich«, sagte Palis. »Ich koche uns einen Tee.«

»Danke, Mr. Palis.« Ich setzte mich neben den Tisch. »Und nochmals vielen Dank, daß Sie der Polizei nichts gesagt haben. Warum haben Sie mich nicht verraten?« Ich dachte an das, was er auf dem Balkon gesagt hatte. »Sie meinten, Sie hätten einen Grund . . .«

»*Exactement.*« Palis nickte. »Ich habe nie geglaubt, daß du für den Diebstahl des Karfunkels verantwortlich warst, Simple. Dein Französisch ist schlecht. Du bist oft unaufmerksam. Doch trotz aller gegenteiligen Beweise konnte ich nicht glauben, daß du dich zu solch einem schrecklichen Verbrechen hinreißen lassen könntest.«

Er ging in die Küche. Während er den Tee zubereitete, blätterte ich in den Übungsheften. Die roten Striche und die sarkastischen Bemerkungen am Rand erinnerten mich an den Palis, den ich kannte. Dieser Palis, der für mich Tee aufbrühte, war irgendwie anders. Aber steckte man irgendeinen x-beliebigen Pauker in einen blauen Morgenmantel und Hausschuhe, wäre er mir wahrscheinlich auch verändert vorgekommen.

Er kehrte mit zwei Tassen Tee und einem Teller Kekse zurück. Ein höchst unangenehmer Geruch breitete sich allmählich im Wohnzimmer aus. Leider stank ich so. Palis tat, als bemerke er es überhaupt nicht. Es war irgendwie komisch. Vor ein paar Wochen hatte man mich hereingelegt und ins Gefängnis geworfen, ich war ausgebrochen, hatte eine waghalsige Verfolgungsjagd durch ganz London überstanden und war gekidnappt und auf Schienen gefesselt worden. Doch jetzt saß ich hier und trank mitten in der Nacht mit meinem alten Französischpauker Tee. Irgendwie kam mir das unwirklicher vor als alles andere, was ich erlebt hatte.

»Also erzähl mir die ganze Geschichte, Simple«, sagte Palis. »Du hast gesagt, du würdest für die Polizei arbeiten . . .«

»Ja, Sir«, antwortete ich. »Deswegen bin ich auch zu Ihnen gekommen. Erinnern Sie sich noch an den Tag, als ich alle Zeiten von ›rire‹ aufschreiben sollte, weil ich im Unterricht geschwatzt hatte?«

»Ja.« Er runzelte die Stirn. »Ich glaube, du hast mir die Strafarbeit immer noch nicht abgegeben, Simple.«

»Ich werd's heute nacht nachholen, Sir.«

»Nein, das kann warten. Erzähle weiter . . .«

»Nun, an diesem Tag kamen sie. Ich hab' mich gefragt, ob Sie sie vielleicht gesehen haben. Es war Dienstagnachmittag. Zwei Männer . . . Snape und Boyle. Groß und häßlich.«

Er schüttelte den Kopf. »Ich verließ die Schule an jenem Tag früher«, sagte er. »Ich brachte den ›Glöckner von Notre Dame‹ zur Bibliothek.«

»Könnte er sie gesehen haben?«

»Das ist ein Roman.«

»Ach so.«

Das war es dann. Palis hatte nichts gesehen. Aber einmal angefangen, mußte ich meine Geschichte zu Ende erzählen. Ich berichtete ihm alles, was seitdem passiert war. Palis unterbrach mich kein einziges Mal. Ich konnte nicht sagen, ob er mir glaubte oder nicht. Als ich ihm alles gesagt hatte, war mein Tee kalt geworden. Ich hatte nichts davon getrunken.

»Diese Penelope . . .«, murmelte er. »Die solltest du finden?«

»Ja.«

»Und wenn du das schaffst, kommst du vielleicht aus deinen Schwierigkeiten heraus.«

»Wenn man mir glaubt«, sagte ich düster.

Er erhob sich. »Ich glaube dir, Simple«, sagte er. »Ich weiß selbst nicht, warum. Die Frage ist nur: Wie kann ich dir helfen?«

Darauf gab es keine Antwort. Da Palis Snape nicht gesehen hatte, war mein Besuch reine Zeitverschwendung gewesen.

»Ich gehe jetzt besser«, sagte ich.

»Nicht vor morgen früh. Jetzt brauchst du erst mal ein heißes Bad und etwas Schlaf. Ich habe ein Gästezimmer. Morgen kann ich dich nach Wapping fahren. Ich glaube, je eher du deinen Bruder und diesen . . . Powers wiedertriffst, desto besser.«

»Vielleicht ist es schon zu spät.«

»Hast du eine andere Wahl, *mon ami?*«

Ich verbrachte den Rest der Nacht in einem Zimmer, das so groß war wie ein Küchenschrank. Es glich fast einer Zelle, nur daß die Tür nicht verriegelt war. Ich schlief bereits, als ich noch nicht richtig auf meinem Kissen lag. Und ich träumte. Ich träumte von Herbert in seinen Gangsterklamotten. Ich träumte von Johnny Powers, einem Löwen und einem Schnellzug. Ich glaubte, das Klingeln einer Glocke zu hören und eine leise Stimme, doch dann wurde aus der Stimme die des Richters, der mich verurteilt hatte, und ich fand mich angeschnallt auf dem elektrischen Stuhl wieder, und Ma Powers wollte gerade den Schalter umlegen. Ich sah, wie ihre Hand sich bewegte. Ein heller Lichtstrahl, und ich öffnete die Augen. Die Sonne schien durch das Fenster und blendete mich. Ich war erwacht. Ich hatte es fertiggebracht, im Schlaf mein Kissen in Stücke zu reißen.

14 Der Weg zur Hölle

Nach dem Frühstück fuhr mich Palis zurück nach Wapping. Er war ziemlich nervös, weil er nicht mit mir gesehen werden wollte, was ich gut verstand. Hätte man ihn mit mir erwischt, wäre die einzige Schule, an der er noch hätte unterrichten dürfen, wohl die Baumschule irgendeines Gefängnisses gewesen. Ich mußte mich auf dem Rücksitz seines Peugeots zusammenrollen. Während der Fahrt sprach er kein Wort, so als wäre er allein. Ich mußte gestehen, daß ich ihn falsch eingeschätzt hatte. Er hätte jederzeit die Polizei rufen und sich selbst aus allem heraushalten können. Aber das hatte er nicht getan. Er war sogar zu einem Markt in der Nähe gegangen und hatte mir ein paar neue Klamotten besorgt. Nur meine alten Stiefel hatte ich anbehalten.

Es war Sonntag, und Wapping wirkte noch verlassener als am Tag zuvor. Der Regen hatte die Gegend auch nicht gerade verschönert. Da es keine Rinnsteine gab, hatte das Wasser nirgends ablaufen können. Große Pfützen standen auf den Straßen, schmutzige Spiegel, die einen schmutzigen Himmel reflektierten. Palis hielt in der Nähe der U-Bahn-Station, und ich stieg aus.

»Danke, Mr. Palis . . .« begann ich.

»Viel Glück, Simple«, sagte er. Er hatte es eilig, in seine Welt der Nylonteppiche und Französischaufsätze zurückzukehren. »Ich hoffe, daß alles klappt. Wenn du Hilfe brauchst, laß es mich wissen.«

»Werd' ich machen.«

Er fuhr an. Die Hinterräder zerstörten einen dieser Spiegel und bespritzten meine neuen Kleider mit Schmutz und Wasser. Ich atmete tief ein. Niemand war in der Nähe. Alles, was ich nun zu tun hatte, war,

Johnny Powers gegenüberzutreten und ihn davon zu überzeugen, daß ich noch auf seiner Seite war.

Meine größte Sorge galt Herbert. Er war mit Powers fast vierundzwanzig Stunden allein gewesen. Schon vierundzwanzig Minuten hätten mich um den Schlaf gebracht. Sie würden ihm eine Menge Fragen gestellt haben. Doch hatte er ihnen die richtigen Antworten gegeben? Ein falsches Wort, und er konnte sich schon nach einem Platz auf dem nächsten Friedhof umsehen. Aber Palis hatte recht. Ich hatte keine andere Wahl. Wenn ich nicht zurückginge, hätte Herbert keine Chance gehabt.

Ich ging die Wapping High Street bis zu jener Abzweigung hinunter, wo ihr Haus stand oder besser gesagt gegen das Gerüst lehnte. Alles schien ruhig zu sein. Aber irgendwie spürte ich eine Art nervöses Prickeln. Irgend etwas war hier faul, ich wußte nur nicht was. Vielleicht war es zu still. Vielleicht war es auch etwas anderes, etwas, das ich gehört oder gesehen hatte.

Ich hielt neben der Eingangstür inne. Ich hob meine Hand, um zu klingeln, doch dann überlegte ich es mir anders. Powers erwartete keine Besucher. Es sähe ihm ähnlich, wenn er erstmal ein Dutzend Kugeln durch die Tür jagte, bevor er öffnete. Ich ging zurück zum Fenster und spähte hinein. Die Vorhänge waren zugezogen. Schliefen sie etwa noch? Es war fast elf Uhr. Aber selbst wenn sie beschlossen hatten, länger zu schlafen, hätten sie Nathan den Weißen als Wache zurückgelassen. Ich dachte eine Minute nach. Vielleicht war ich übervorsichtig. Es war still in Wapping, vielleicht weil es in Wapping immer still war. Hier gab es niemanden, der auch nur das kleinste Geräusch machte. Ich würde hineingehen und wie ein verlorener Sohn begrüßt werden. Und sollten sie nicht so gut auf mich zu sprechen sein, würde ich den reumütigen Sünder spielen. Das würde schon funktionieren. Außerdem konnte ich noch mit einer netten Neuigkeit über Big Ed und seine Gang aufwarten.

Ich ging zur Tür zurück und berührte mit dem Finger den Klingelknopf. Und dann sah ich es.

Es war die Farbe, die mir das Leben retten sollte. Wapping war durch und durch grau – mit ein paar schwarzen und braunen Flecken. Nach einiger Zeit gewöhnten die Augen sich daran. Man erwartete gar nicht mehr, irgendwelche Farben zu sehen. Aber dieses Ding war knallgelb. Es war aus Plastik und vielleicht einen Zentimeter lang. Es lag auf der Türschwelle. Ich bückte mich und hob es auf. Zwei Kupferdrähte konnte ich in seinem Innern erkennen. Es war eine elektrische Schaltung. Was hatte das Ding hier zu suchen?

Ich blickte auf den Klingelknopf, und plötzlich gefiel mir das Ganze überhaupt nicht mehr. Denn plötzlich fiel mir ein, daß es hier, als ich hergekommen war, überhaupt keinen Klingelknopf gegeben hatte. Er war brandneu. Er war extra für mich installiert worden.

Am liebsten hätte ich kehrtgemacht und wäre zur U-Bahn-Station zurückgegangen. Ich hätte mich in die Metropolitan Line setzen und hin- und herfahren können, bis alles vorbei war. Aber vielleicht befand sich ja Herbert immer noch im Haus. Ich faßte einen Entschluß.

Ich ging ums Haus und stieg auf demselben Weg ein, wie ich herausgekommen war – über den Steinhaufen und durch mein Schlafzimmerfenster. Reinkommen war schwerer als rausspringen. Ich konnte nur das Fensterbrett erreichen, und als ich mich endlich hinaufgezogen hatte, war das Fenster verschlossen. Mit dem Ellbogen schlug ich es ein. Wenn Johnny und seine Mutter noch schliefen, hatte ich sie mit Sicherheit geweckt. Aber ich glaubte nicht, daß sie noch da waren.

Ein winziges Stück gelber Draht . . .

Ich eilte durch das Schlafzimmer und bemerkte, daß Herberts Bett benutzt worden war. Nichts sonst schien angerührt worden zu sein. Nichts rührte sich, als ich auf den Korridor hinausging, doch als ich die Treppe hinunterschlich, hörte ich eine Art ersticktes Schreien. Ich erreichte den Treppenabsatz und verharrte. Ungefähr zwei Minuten vergingen, bevor ich wieder wagte, mich zu bewegen.

Herbert saß gefesselt und geknebelt auf einem Stuhl. Er trug noch immer einen Pyjàma, aber jemand hatte ihm – vielleicht als Scherz – einen Gangsterhut aufgesetzt. Er starrte auf einen Gegenstand, der zwei, drei Meter von ihm entfernt auf dem Tisch stand. Es war ein Walt Disney-Wecker mit einer Mickey Mouse-Figur, deren weiß behandschuhte Hände als Zeiger fungierten: sieben Minuten vor elf. Aber ich glaube, den Rest hatte Walt Disney nicht verbrochen. Sechs Stäbe Dynamit waren an der Uhr befestigt. Ein gelber Draht führte hinüber zur Haustür.

Eine Zeitbombe, eingestellt auf elf Uhr. Drückte man auf die Türklingel, ging sie schon vorher in die Luft. Von Herbert, Mickey Mouse und mir würde dann nicht viel übrig bleiben.

Ich zwang mich weiterzugehen, Herbert hatte mich aus den Augenwinkeln gesehen, er wippte mit dem Stuhl vor und zurück und gab aufgeregte Grunzlaute von sich. Ich nahm ihm den Knebel ab.

»Hallo, Herbert«, sagte ich.

»Nick!« schrie er. »Hol mich raus hier! Hilf mir! Tu irgendwas! Ruf die Polizei! Ruf das Sprengkommando!

Wo bist du gewesen? Wie konntest du mir so etwas antun?«

Mein großer Bruder war wirklich in Bombenstimmung. Für einen Moment war ich versucht, ihm den Knebel wieder in den Mund zu drücken. Ich mußte mich beeilen, und daß er mich anschrie, half mir überhaupt nicht. Ich hatte keine Zeit, ihm die Fesseln zu lösen. Powers hatte Draht verwendet, und der ließ sich nicht so einfach durchschneiden. Die Uhr zeigte sechs Minuten vor elf. In sechs Minuten hätte ich allenfalls seine Beine freibekommen, aber Herbert war so ein Nervenbündel, daß ich bezweifelte, ob er sie überhaupt würde benutzen können.

»Das ist alles deine Schuld«, fuhr er fort. »Ich hätte dir nie bei deiner Flucht helfen dürfen. Es ist nicht fair. Habe ich jemals irgend jemandem etwas zuleide getan? Ich hätte auf Mum hören sollen . . .«

»Herbert«, sagte ich. »Wenn du nicht sofort die Klappe hältst, lasse ich dich hier.«

Sein Unterkiefer klappte nach unten. »Das würdest du nicht tun!«

»Fordere mich nicht heraus.«

Ich ging zum Tisch hinüber und sah mir die Bombe genauer an. Die Sache war komplizierter, als ich gedacht hatte. Außer dem gelben Draht gab es noch zwei Spulen – eine rote und eine blaue –, die vom Dynamit über eine schwarze Buchse zur Uhr führten. Die Buchse wurde mit einer einzigen Schraube geöffnet. Daneben war ein Glaszylinder, irgendeine Art Ventil. Das ganze Ding wurde mit zwei Streifen Plastikband zusammengehalten.

»Was machst du?« wimmerte Herbert.

»Ich entschärfe das Ding«, sagte ich.

»Ich glaub's dir nicht.«

Ich schüttelte den Kopf. »Ich mir auch nicht . . .«

Er schwieg wieder. Ich berührte das Dynamit. Meine Hände zitterten so stark, daß ich meine Finger nur verschwommen wahrnahm. Die Bombe ging nicht hoch. Fünf Minuten vor elf. Ich versuchte mich daran zu erinnern, was ich über den Bau einer Bombe wußte. Leider stand Bombenbauen in der Schule nicht auf dem Lehrplan. Aber ich hatte Filme gesehen und Bücher gelesen. Um elf Uhr würde der Wecker anfangen zu klingeln. Ein elektrischer Kontakt entstand. Der Zünder – vermutlich das Glasventil – wurde in Funktion gesetzt. Das wäre dann das Letzte, was ich mitkriegen würde.

Die Türklingel hätte das Ding ebenso hochgehen lassen, nur früher. Wie sonst konnte ich die Bombe zur Explosion bringen? Sie hatte vielleicht eine Art Sensor, der auf Berührungen ansprang, aber ich hatte das Dynamit schon berührt, und nichts war passiert. Ich konnte einen Draht durchschneiden, aber ich wußte nicht, welchen, und irgendwie war es mir zu gefährlich. Ich könnte die Uhr zurückstellen. Das schien die einfachste Methode zu sein, das Ding zu entschärfen, aber es war so einfach, daß es vermutlich tödlich war.

Meine Augen wanderten zu der Anschlußbuchse mit seiner einzigen Schraube. Dort mußte die Lösung liegen. Man mußte den Stromkreislauf unterbrechen, und das Ding wäre so ungefährlich wie eine Eieruhr. Ich brauchte einen Schraubenzieher oder so etwas. Ich richtete mich auf.

»Wohin gehst du?« wollte Herbert wissen.

»In die Küche«, antwortete ich.

»In die Küche?« Herbert rutschte auf seinem Stuhl hin und her. »Willst du abwarten und Tee trinken?«

Ich beachtete ihn nicht. Eine Minute später kehrte ich mit einem Gemüsemesser zurück. Es war nicht genau das, was ich brauchte, aber wenigstens war die Klinge klein genug. Eine weitere Minute war verstrichen, blieben noch vier.

Meine Hand zitterte immer noch. Ich atmete tief durch und riß mich zusammen.

Drei Minuten vor elf.

Ich lehnte mich vor und steckte die Spitze des Messers in das Loch oben an dem schwarzen Kasten. Sie rutschte ab, und die Klinge streifte einen der Drähte. Mein Herz machte einen Salto rückwärts und fiel mir in die Hose. Ich begann zu schwitzen. Ich spürte, wie der Schweiß mir das Gesicht hinunterlief. Ich konzentrierte mich wieder und schob das Messer an die richtige Stelle zurück. Es bekam die Schraube zu fassen. Ich drehte es.

Die Schraube bewegte sich nicht. Ich versuchte es wieder, diesmal mit mehr Kraft. Und jetzt spürte ich, wie die Schraube nachgab. Aber würde das Losschrauben das Ding nicht hochgehen lassen? Es war zu spät, um aufzuhören. Das Messer machte drei Umdrehungen, dann fiel die Schraube heraus und landete mit einem leisen Klappern auf dem Tisch. Herbert schrie auf.

Ich legte das Messer beiseite und griff mit dem Daumen und dem Zeigefinger nach dem Deckel des Kastens. Sie hatten sich noch niemals größer und plumper angefühlt. Ich wußte nicht, wieviel Zeit vergangen war, wagte aber nicht zur Uhr zu blicken. Irgendwann bekam ich das Plastikgehäuse zu fassen und nahm es so vorsichtig wie ich konnte ab. Ich suchte nach einem Zündungsmechanismus, fand aber nichts. Ich ließ den Deckel fallen und wischte mir den Schweiß aus den Augen. So weit, so gut.

Meine Vermutung über den Stromkreislauf war verdammt richtig gewesen. In dem Kasten gab es einen Draht und einen ganz gewöhnlichen kleinen Schalter mit drei Schaltstellungen. Im Augenblick stand der Schalter in der Mitte. Ich konnte ihn nach zwei Seiten umlegen. Aber nach welcher? Entschied ich mich falsch, würde das Ding hochgehen. Ich blickte auf die Uhr. Ich hatte weniger als eine Minute, um mich zu entscheiden.

»Links oder rechts, Herbert?« rief ich.

»Links oder rechts was?« fragte er.

»Sag nur, rechts oder links?«

»Links.«

»Bist du sicher?«

»Ja, ich meine, links ist da, wo der Daumen rechts ist.«

»Also rechts?«

»Nein, links. Links ist richtig.«

Ich schob den Schalter nach rechts. Der Wecker schrillte.

Herbert schrie. Aber die Uhr tickte weiter. Mickey Mouse grinste mich an. Ich war mit meiner Kraft am Ende. Aber ich hatte es geschafft.

Es kostete mich ungefähr eine halbe Stunde, bis ich Herbert befreit hatte. Meine Hände zitterten, als ich endlich fertig war. Ich war fertig wie nie in meinem Leben. Herbert stand auf, warf einen letzten Blick auf die Bombe und ging hinauf, um sich anzuziehen. Ich sank erschöpft auf einen Stuhl. Ich hatte es geschafft. Ich konnte es nicht glauben. Ich hörte, wie Herbert oben im Schlafzimmer herumpolterte. Ich stöhnte. Er hätte wenigstens danke sagen können.

15 Penelope

Ma Powers hatte ein paar Lebensmittel in der Küche zurückgelassen, und daraus kochte Herbert ein Mittagessen. Er hatte den Toast verbrannt, und die Eier waren hart wie Zement, aber ich war hungrig genug, um den Fraß herunterzuschlingen. Komisch, wie die Gefahr einen hungrig machen konnte. Ich hatte in weniger als vierundzwanzig Stunden zwei mehr als brenzlige Situationen erlebt, und jedesmal schien es, als stände mein Magen Kopf vor Freude. Ich hatte drei Tassen Kaffee getrunken und eine halbe Packung Kekse gegessen, bevor ich überhaupt begriff, was ich tat. Wenn ich so weitermachte, würde ich fett werden. Oder von irgend jemandem mein Fett kriegen.

Ich erzählte Herbert, was mir passiert war, seit ich ihn verlassen hatte – meine Begegnung mit Big Ed und meine Nacht bei Palis. Wir überlegten, ob wir Palis anrufen sollten, aber dann verwarfen wir diesen Gedanken.

»Wer also war es?« fragte Herbert.

»Wer also war was?«

»Wer befreite dich von den Schienen?«

Ich zuckte die Achseln. »Ich habe keine Ahnung. Irgendwie glaubte ich, ihn schon einmal gesehen zu haben, aber . . . in dem Regen war es unmöglich, etwas Genaueres zu sehen.« Ich dachte an die letzte Nacht zurück. »Ich weiß nicht einmal, wie er mich gefunden hat. Wenn es überhaupt ein Er war. Ich war irgendwo im Nirgendwo. Niemand wußte, daß ich da war. Es ergibt keinen Sinn . . .«

Die Geschichte, die Herbert zu erzählen hatte, war weniger rätselhaft. Eigentlich brauchte ich ihn gar nicht zu fragen, um zu wissen, was passiert war. Allein mit Johnny Powers und ohne mich hätte er von Glück reden können, wenn er auch nur zehn Minuten heil überstanden hätte.

Und genauso war es. Als Johnny zurückgekommen war, von wo auch immer er sich herumgetrieben hatte, entdeckte er, daß ich abgehauen war. Er befragte Herbert, dessen Antworten ihm allerdings nicht sonderlich gefielen. Mißtrauen ist eine Pflanze, die ziemlich schnell wächst, und Herbert ist, was eine solche Pflanze betrifft, der beste Gärtner, den man sich denken kann. Er wurde auch nicht zu dem Treffen eingeladen, das am Nachmittag stattfand. Die Atmosphäre beim Abendessen war so eisig wie die Fischstäbchen, die Nathan der Weiße servierte. Herbert ging dann schlafen, nur um gegen Morgen ziemlich unsanft aus dem Bett gezerrt zu werden. Johnny hatte beschlossen, kein Risiko einzugehen. Herbert wurde gefesselt und geknebelt . . . und den Rest kannte ich.

»Hat er noch irgend etwas gesagt?« fragte ich.

»Keine sonderlichen Freundlichkeiten«, murmelte Herbert.

»Kann ich mir denken.« Ich seufzte. »Aber hat er irgend etwas gesagt, woraus wir schließen können, wo er jetzt ist?«

Herbert dachte einen Moment lang nach. »Als er ging, sagte er etwas, was wohl ein Witz sein sollte. Dieser Nathan hatte gerade die Bombe gebaut und sagte, sie würde uns den Arsch aufreißen, daß wir in alle Himmelsrichtungen abdüsten. Darauf erwiderte Powers, das wäre in Ordnung, denn wenn du zurückkommen würdest, säße er ein gutes Stück unter der Erde.«

»Unter der Erde? Hat er noch was gesagt?«

»Ja. Als er mir den Hut aufsetzte, hat er irgendeine

Bemerkung über eine Bank gemacht, zu der er gehen wolle. Und daß er hoffen würde, es hören zu können, wenn die Bombe explodierte.« Herbert schüttelte den Kopf. »Ich glaube, Johnny Powers ist nicht ganz richtig im Kopf.«

Das war genauso messerscharf geschlossen, als hätte er gesagt, Al Capone wäre ein unfreundlicher Bursche gewesen. Aber Herbert hatte mir das gesagt, was ich wissen wollte. Wenn Powers hoffte, die Explosion zu hören, mußte er sich irgendwo in der Nähe aufhalten. »Unter der Erde« konnte bedeuten, er versteckte sich irgendwo – oder es bedeutete mehr als das. Nur die Sache mit der Bank machte keinen Sinn. Einmal gab es keine Banken in dieser Gegend, und zweitens war Sonntag. Sie hatten sowieso geschlossen.

Ich hatte nichts gesagt, aber Herbert mußte meine Gedanken erraten haben, denn er sprang plötzlich auf.

»Du wirst doch nicht nach ihm suchen wollen?« knurrte er.

»Was bleibt uns anderes übrig?« fragte ich.

»Wie wäre es, wenn wir einfach nach Hause gingen und die ganze Sache vergessen würden?«

»Die Polizei ist nachtragend«, sagte ich. »Die suchen immer noch nach uns.«

»Nach dir«, sagte Herbert.

»Nach uns. Du hast mir bei der Flucht geholfen, wie du dich vielleicht erinnerst.«

Also machten wir uns auf. Herbert hatte sich etwas gewöhnlichere Kleidung angezogen, und ich trug noch immer das Zeug, das Palis gekauft hatte. Wie immer war niemand in Wapping zu sehen, aber selbst wenn uns jemand begegnet wäre, hätte er uns wahrscheinlich keine sonderliche Beachtung geschenkt. Ich hatte in einem Schrank einen kleinen Rucksack gefunden und ihn mitgenommen – um etwas gewöhnlicher auszusehen, wie ich Herbert erklärt hatte.

Aber das war nicht so ganz die Wahrheit gewesen. Ich hatte die Bombe entschärft, und solange der Schalter in der richtigen Stellung blieb, war das Ding harmlos. Also steckte ich mir die Bombe in den Rucksack. Vielleicht konnte ich sie noch einmal gebrauchen. Wer konnte es wissen? Wir liefen den ganzen Tag im Kreis. Die Dämmerung kam, und uns dämmerte, daß wir versagt hatten. Wir hatten nichts gefunden. Es gab Hunderte von Orten, wo sich Powers hätte verstecken können . . . leere Wohnhäuser, Baustellen, verwilderte Grundstücke oder irgendwelche einsame Wohnwagen.

»Wenn Snape nur nicht getötet worden wäre«, murmelte ich.

Wir ruhten uns einen Moment auf einer kleinen Mauer neben der Wapping High Street aus. Meine Gefängnisstiefel drückten. Ich hatte wirklich genug für heute.

»Ich hab' geglaubt, du mochtest ihn nicht besonders«, sagte Herbert.

»Stimmt auch. Aber er wäre der einzige Mensch, zu dem wir jetzt gehen könnten. Er wußte die Wahrheit. Er hätte uns helfen können.«

Eine Weile sprachen wir nicht. Dann runzelte Herbert die Stirn. »Bist du sicher, daß es hier in der Gegend keine Banken gibt?« fragte er.

»Banken?«

»Genau das hat Powers gesagt, er wollte zu einer Bank gehen.«

»Aber die Banken sind geschlossen.«

»Na und, vielleicht wollten sie eine ausrauben.«

Banken, Banken . . .

Plötzlich fiel bei mir der Groschen. Ich hätte mich prügeln können, so dumm kam ich mir vor. Wir hockten eine Minute von der größten Bank in ganz London entfernt, und ich hatte nicht daran gedacht. Ich sprang auf die Füße und warf mir meinen Rucksack über die Schulter, wobei ich für einen Moment vergessen hatte, was sich darin befand. Es wäre wirklich ein Glück gewesen, wenn ich mich ausgerechnet jetzt in die Luft sprengte, wo ich einen Anhaltspunkt hatte.

»Wohin gehen wir?« fragte Herbert.

»Zur Bank«, sagte ich.

Ich ging genau den Weg zurück, den wir auch an jenem Morgen, als wir angekommen waren, genommen hatten, zwischen den beiden Lagerhäusern hindurch zur Mole. An deren Ende hielt ich inne und blickte mich um. Meine Erinnerung hatte nicht getrogen, von hier hatte man einen guten Überblick auf Wapping. Herbert holte mich ein. Er stellte sich neben mich und kratzte sich den Kopf.

»Was machst du?« fragte er.

»Die Bank, Herbert«, sagte ich und wies auf den Fluß hinaus. »Die Sandbank – davon hat Powers gesprochen. Irgendwo hier muß er sein. Wir müssen ihn beinahe mit den Händen greifen können.«

Aber was war zum Greifen nah? Zuerst die beiden Lagerhäuser – King Henry's Wharf auf der einen, St. John's auf der anderen Seite. Kräne hockten auf den Kaimauern wie riesige Grashüpfer, die sich vom Mauerwerk nährten. Etwas weiter entfernt waren ein paar Molen zu sehen. Und dort lag auch das verrottete Hausboot. Irgend etwas stimmte an dem alten Kahn nicht. Ich hatte es schon beim erstenmal bemerkt, als ich das Boot gesehen hatte, konnte mich aber nicht mehr erinnern, was es war. Ich sah genauer hin. Irgend etwas stimmte ganz und gar nicht. Aber plötzlich spielte es keine Rolle mehr.

Die Sonne stand bereits ziemlich tief, und es war schon ziemlich schwierig, etwas zu erkennen, aber ich konnte ein einzelnes Wort ausmachen, das an einer Seite des Bootes aufgemalt war. Ich hatte es vielleicht schon vorher gesehen, bevor ich danach gesucht hatte. Wie alle Hausboote hatte auch dieses einen Namen. Es hieß *Penelope*.

»Das ist es!« rief ich. »Penelope.«

Herbert hatte es auch gesehen. »Als Powers also sagte, er würde zur Penelope gehen . . .«, begann er.

». . . hat er von einem Hausboot gesprochen. Dort muß das Treffen mit Fence stattgefunden haben.«

»Aber du hast gesagt, er wäre in die U-Bahn-Station hineingegangen.«

»Das ist er auch.« Ich dachte nach. »Er muß mitgekriegt haben, daß ich ihm auf den Fersen war. Also ist er in die U-Bahn gegangen, um mich abzuschütteln.«

»Und was machen wir nun?« fragte Herbert.

»Nun, wir werden uns das Boot mal genauer ansehen.«

Aber das war leichter gesagt als getan. Wir gingen die Straße hinunter, nur um festzustellen, daß der Kai durch ein großes Tor abgesperrt wurde. Das Tor war mit Stacheldraht gesichert, so daß man nicht hinüberklettern konnte. Blieb nur noch eine Möglichkeit. Zum Glück war es ein ziemlich warmer Tag.

»Du machst Witze«, sagte Herbert, als ich ihm meine neue Route erklärte.

»Du brauchst nicht mitzukommen«, murmelte ich und knöpfte mein Hemd auf.

»Es muß einen anderen Weg geben . . .«

»Weißt du einen?«

Herbert dachte nach. Dann öffnete er seinen Gürtel.

»Du kommst also mit?« fragte er.

»Irgend jemand muß ja auf dich aufpassen«, sagte er.

Wir ließen unsere Kleider und den Rucksack am Ende der Mole und trugen nur unsere Unterhosen, als wir in das Wasser wateten. Es war ein warmer Tag, nur hatte die Themse davon nichts mitbekommen. Das Wasser war eiskalt. Als ich bis zu den Knien im Wasser stand, konnte ich meine Zehen nicht mehr spüren.

Die Strömung war ziemlich stark und trieb uns entgegen. Herbert folgte mir. Für sein Hundepaddeln hätte sich jeder anständige Hund in Grund und Boden geschämt. Abgesehen davon, daß das Wasser vielleicht zehn Grad hatte, war es obendrein noch ziemlich schmutzig. Eine Menge ekliger Dinge trieb in Nasenhöhe an uns vorbei. Ich versuchte, schneller zu schwimmen, aber wenn ich drei Züge gemacht hatte, trieb es mich zwei zurück. Zum Glück war es nicht allzu weit zum Boot. Aber es dauerte gut und gerne fünf Minuten, bis ich mich wieder aus dem Wasser ziehen konnte.

Und das wurde auch nicht gerade eine meiner leichtesten Übungen. Das Deck der *Penelope* lag ein gutes Stück über dem Wasser, und obwohl ich kräftig an einer Seite des Bootes zog, neigte es sich keinen Zentimeter zur Seite. Also mußte Herbert mir helfen. Er tauchte unter und hob mich hoch. Dann lag ich auf dem Deck und reichte ihm meine Hand, während er hustete und spuckte und sich ein toter Fisch in seinen Haaren verfangen hatte. Irgendwie schaffte ich es aber, ihn an Bord zu ziehen.

Ich weiß nicht, was ich auf der *Penelope* erwartet hatte, sicher nicht, daß ich hier Johnny Powers fangen konnte. Das einzige, was ich mir hier fing, war eine Lungenentzündung. Als wir uns den Kahn näher besahen, schien es, als wäre unser Badeausflug ein großer Schlag ins Wasser.

Das Boot war leer. Es gab eine große Kabine, eine Art Holzkasten mit kleinen Fenstern und einem breiten Durchgang zum Deck. Das Steuerrad und die Maschinenanzeiger waren wohl irgendwo außen angebracht gewesen, aber längst abmontiert worden. Die *Penelope* war ein altes, verrostetes Wrack, nichts weiter. Ein einzelner Raum von der Größe eines Busses, der auf der Themse trieb.

Herbert stand in einer Ecke und zitterte. Der tote Fisch hing neben seinem Gesicht und starrte ihn an.

»Warum höre ich bloß immer auf dich?« begann er und stieß jedes Wort einzeln aus, als hämmerten seine Zähne einen Flamenco-Rhythmus.

»Wart' noch 'ne Minute . . .« warf ich ein.

Es war nichts Besonderes, nichts, für das es sich gelohnt hätte, hierher zu schwimmen, aber ich bückte mich und hob es auf. Es war ein kleines Stück Papier, weiß und mit einem Knick in der Mitte.

»Was ist das?« fragte Herbert.

»Es ist ein kleines Stück Papier, weiß und mit einem Knick in der Mitte«, sagte ich. »Zigarettenpapier.« Ich hatte es sofort wiedererkannt. Schließlich hatte ich Powers den ganzen Tag Zigaretten drehen sehen, seit ich ihn kannte. »Powers war hier«, fügte ich hinzu.

»Aber jetzt ist er nicht mehr hier.«

»Nein, doch vielleicht kommt er zurück.«

»Nick . . .«

»Okay«, sagte ich. »Laß uns abhauen.«

Zusammen gingen wir an Deck. Irgendwie hatte ich noch immer das Gefühl, daß etwas faul war. Die Penelope verhielt sich nicht wie ein gewöhnliches Schiff. Ich wußte nicht, was es war, aber irgend etwas stank hier zum Himmel. Und das war nicht nur der tote Fisch in Herberts Haaren.

Mitternacht in Wapping. Herbert und ich hockten in der Ruine eines Hauses direkt gegenüber dem Tor, das zu dem Kai führte, an dem die *Penelope* lag. Wir waren vielleicht seit sechs Stunden hier, sechs Stunden, die uns keineswegs leicht fielen. Wir hatten uns nicht abtrocknen können, als wir uns wieder anzogen, und unsere Kleider waren feucht und kratzten. Wir waren müde und durchgefroren. Niemand war seit einer Stunde vorbeigekommen, und da war es nur ein leeres Taxi auf der Rückfahrt gewesen. Es war eine pechschwarze, mondlose Nacht. Selbst die Sterne hielten sich hier lieber versteckt. Das einzige Licht kam von einer Straßenlaterne ein paar Meter entfernt, ein trüber Lichtschein, der sich in den Fenstern des leeren Schiffes widerspiegelte.

Warum nur saßen wir hier, beobachteten in einer gottverlassenen Gegend ein gottverlassenes Schiff? Ich konnte mir die Frage selbst nicht beantworten. Irgendwie glaubte ich aber, daß uns das Boot Antworten auf Fragen bot, die noch gar nicht aufgetaucht waren. Außerdem – Powers war hier gewesen. Er würde vielleicht zurückkommen. Und Fence mit ihm.

»Nick . . .?« fragte Herbert schläfrig. Ich hatte gedacht, er schliefe längst.

»Ja?«

»War Strangeday Hall so übel?«

»Übler als übel.«

»Übler als das hier?«

Ich mußte zugeben, daß er nicht ganz Unrecht hatte. Stellten wir uns, wäre uns eine nette, saubere Zelle, frische Kleidung und etwas zu essen sicher. Das einzige Problem war, daß ich als Teenager ins Gefängnis gehen würde, aber als Greis wieder herauskäme.

»Vielleicht . . .«

Ich wollte gerade etwas erwidern, als es passierte. Es

geschah so unerwartet, daß ich für einen Moment glaubte, ich bildete es mir nur ein. Aber Herbert hatte es auch gesehen. Seine Hand griff nach meinem Arm. Ein Licht war angegangen. In dem leeren Hausboot.

Einen Augenblick später tauchte eine Gestalt auf und kletterte auf das Deck. Der Kerl hatte die Kabinentür von innen geöffnet und schritt nun geradewegs auf uns und das Tor zu.

»Wo ist der hergekommen?« flüsterte ich.

»Er muß geschwommen sein«, sagte Herbert.

»Aber er ist überhaupt nicht naß.«

»Ein anderes Boot vielleicht?«

»Hast du etwas gehört?«

Herbert schüttelte den Kopf. Mittlerweile hatte der Typ das Tor erreicht und öffnete das Vorhängeschloß mit einem großen Schlüssel. Er trug eine dunkle Hose und ein dunkles Hemd. Er schaute auf der Straße nach, ob die Luft rein war. Dann ging er zum Boot zurück.

»Das ist unmöglich«, zischte Herbert.

»Ssch!«

Wir hörten ein leises Rumpeln, und ein Lastwagen fuhr heran, seine Reifen schlitterten über den Schotter. Einen Moment glaubte ich, er würde weiterfahren, doch dann hielt er und fuhr ein Stück rückwärts, bis er einen Meter vor dem Tor stand. Es war eine Art Möbelwagen mit einer Plane am Ende. Zwei Männer sprangen heraus und schritten zur *Penelope* hinunter.

Zu dem ersten Mann – dem mit der dunklen Kleidung – hatten sich mittlerweile drei andere gesellt, jeder von ihnen trug eine Kiste. Sie kamen aus dem Boot, als wären sie schon den ganzen Abend dagewesen. Aber ich wußte ja, daß das nicht der Fall war. Das Boot war leer gewesen, als wir es uns näher angesehen hatten. Und wir hatten es die ganze Zeit über im Auge behalten. Woher also waren diese Männer gekommen, und woher stammten die Kisten?

Aber das war nur der Anfang. Die Männer müssen ein dutzendmal zur *Penelope* und zurück gegangen sein, und jedesmal kamen sie mit irgend etwas zurück. Zuerst waren es Kisten. Dann Kleiderständer mit Mänteln, eine Stereoanlage, dann noch mehr Kisten und schließlich zwei Ölgemälde.

Innerhalb von wenigen Minuten brachten sie es fertig, aus einem leeren Boot einen Lastwagen zu beladen. Die beiden Männer stiegen ein und fuhren davon, doch schon rumpelte ein zweiter Lastwagen heran, und das Spiel begann von vorn. Diesmal luden sie drei antike Tische ein, sechs Kisten, zwei zusammengerollte Teppiche, vier lebensgroße Statuen und als Krönung einen Konzertflügel. Das Klavier allerdings mußte auf einen dritten Wagen warten. Wie die Dinge da abliefen, hätte es mich nicht überrascht, wenn dem Piano ein neunzigköpfiges Orchester gefolgt wäre.

»Es ist unmöglich«, sagte Herbert wieder.

Und ich mußte zugeben, daß er völlig recht hatte. Es war unmöglich. Vielleicht haben Sie schon einmal einen dieser Zaubertricks auf der Bühne gesehen. Sie zeigen Ihnen einen leeren Hut und ziehen ein Kaninchen heraus. Nun, denken Sie sich diesen Trick mit einem Elefanten, und Sie kommen dem Ganzen hier recht nahe.

Das ganze Unternehmen dauerte vielleicht eine halbe Stunde. Schließlich fuhr auch der dritte Lastwagen weg. Der Mann in der dunklen Kleidung schloß das Tor und ging zum Boot zurück. Das Licht erlosch, und dann sah alles genauso verlassen aus wie zuvor.

Eine Weile sprach niemand von uns. Dann brach Herbert das Schweigen. »Nick«, sagte er, »glaubst du, du könntest all das übersehen haben, als du das Boot durchsucht hast?«

»All das übersehen haben?« Ich schrie beinahe. »Du bist auch an Bord gewesen. Das Boot war leer. Wir müßten stockblind sein, um das übersehen zu haben . . . Ich meine, wo soll all das Zeug versteckt gewesen sein? Unter dem Zigarettenpapier?«

Ich schloß meine Augen und versuchte, es zu begreifen. *Penelope* . . . Mir war sofort aufgefallen, daß etwas sonderbar an diesem Kahn gewesen war. Und jetzt fiel mir ein, was es war. Das Boot bewegte sich nicht! An jenem Morgen, als wir in Wapping angekommen waren, hatte ich es schon bemerkt. Das Wasser der Themse schlug und schwappte gegen das Boot, doch es stand fest, als triebe es gar nicht auf dem Wasser.

Und dann dachte ich an Johnny Powers. Ich war ihm gefolgt, als er zur Penelope gehen wollte. Ich wußte jetzt, was er gemeint hatte. Aber er war nicht zum Kai gegangen. Also vielleicht . . .

»Laß uns gehen«, sagte ich.

»Wohin?«

Ich lächelte Herbert an. »Was glaubst du? Zur U-Bahn-Station.«

16 Unter der Erde

Die U-Bahn-Stationen wurden nachts für gewöhnlich abgeschlossen, aber wenigstens einmal war das Glück auf unserer Seite. Der Bahnhof mußte wohl gerade gereinigt worden sein, jedenfalls waren die Türen offen und die Lichter eingeschaltet. Nicht, daß man erwartete, jemand könnte einbrechen. Was hätte ein Dieb auch stehlen sollen? Den Fahrscheinautomaten?

Trotzdem schlichen wir so leise wie wir konnten hinein – nur für den Fall, daß uns jemand aufhalten wollte. Im letzten Moment konnte ich Herbert davon abhalten, eine Fahrkarte zu lösen, und dann steuerten wir auf die Treppe zu und liefen zu jener Plattform, wo ich Powers verloren hatte. In der Station war es so still wie in einer Gruft. Das gewölbte Mauerwerk hätte wirklich von einem Friedhof stammen können. Fehlte nur noch ein riesiger Sarg, um das Bild zu vervollständigen.

Wir schritten zum Ende der Plattform und starrten in das endlose Schwarz des Tunnels. Für wenigstens fünf Stunden würden keine Züge fahren. Ich vermutete, daß daher auch die Schienen nicht unter Strom standen. Wenn ich falsch lag, würde ich wahrscheinlich bald in einer Leichenhalle liegen. Aber ich hatte recht. Der Tunnel verlief unter der Themse entlang. Irgendwo mußte es einen anderen Durchgang geben, der geradewegs . . .

Aber ich hatte keine Ahnung, wo dieser Gang liegen mochte.

»Nick«, sagte Herbert. »Ich glaube nicht, daß heute noch ein Zug fährt.«

»Herbert!« Ich dachte eigentlich, ich hätte ihm die Sache lang und breit erklärt. »Wir nehmen keinen Zug.«

»Nun, wenn du auf einen Bus wartest . . .«

»Wir gehen zu Fuß.«

»Hier unten?« Herbert starrte mich an, als hätte ihn gerade ein Bus gestreift.

»Das wird ganz einfach sein.«

Dann gingen die Lichter aus. Die Dunkelheit traf uns wie ein Fausthieb. Irgend jemand mußte doch im Bahnhof gewesen sein, denn einen Moment später hörten wir, wie das Gitter am Eingang heruntergezogen wurde. Dann war nichts mehr. Kein Geräusch. Kein Licht. Man mußte sich zwicken, um zu wissen, ob man noch lebte.

»Einfach?« Herberts Stimme zitterte in der Dunkelheit.

»Wart' einen Moment . . .«

Zum Glück wußte ich noch, in welche Richtung ich geblickt hatte. In der totalen Dunkelheit hätte ich drei Schritte machen können, und schon wäre ich von der Plattform gestürzt. Ich streckte meine Hand aus und ertastete die Mauer. Dann schlurfte ich langsam dem Tunnel entgegen. Drei Stufen führten hinunter – daran erinnerte ich mich noch genau. Mein Fuß fand die erste Stufe, und dann stieg ich langsam hinunter. Meine Schulter stieß gegen einen der Blecheimer, und es schepperte laut. »Wer ist da?« quäkte Herbert.

»Das war nur ich.«

»Wohin gehen wir?«

»Zum Buckingham Palast. Mit der Queen eine rauchen«, knurrte ich.

Stille. Dann Herbert, der im Dunkeln tappte: »Bist du sicher, daß das der richtige Weg ist?«

Ich beachtete ihn nicht. Irgendwie fand ich die Schiebetür. Mit einem Seufzer der Erleichterung öffnete ich sie. Meine Hand lief die Mauer auf und ab, auf der

Suche nach dem Lichtschalter. Mit dem Daumen legte ich ihn um. Das Licht ging an.

Herbert kam herüber und blickte in den Lagerraum. Er sah genauso aus, wie ich ihn in Erinnerung hatte: Telefone, Dreck und Staub und ein Wasserhahn. Doch da war noch etwas. Irgend jemand – ein Arbeiter vielleicht – hatte eine Taschenlampe auf dem Boden stehen lassen. Ich nahm sie und knipste sie an. Die Batterie war neu.

»Sieht so aus, als bliebe das Glück uns treu«, sagte ich. »Laß uns gehen, bevor irgend etwas anderes passiert.«

»Warte einen Moment.« Herbert schob sich an mir vorbei.

»Was ist los?«

»Ich habe Durst.«

Was dann geschah, war die zweite große Überraschung der Nacht. Überraschung? Mich hätte es fast umgehauen – tatsächlich haute es mich um, als Herbert mir in seiner Eile den Ellbogen in die Rippen donnerte.

Er war zum Wasserhahn hinübergegangen. Er drehte ihn auf. Doch nichts tat sich. Er murmelte etwas und schlug mit der Hand auf den Hahn. Der Hahn drehte sich in der Wand. Ein lautes Klicken erklang. Und einen Moment später öffnete sich ein Teil der Wand und gab den Blick auf einen zerklüfteten Gang und eine Treppe frei, die nach unten führte. Ich starrte den Gang an. Dann ließ Herbert einen Schreckensschrei los, und ich starrte Herbert an.

»Herbert!« rief ich. »Du hast es gefunden!«

»Ja«, sagte er. »Ich habe es gefunden.« Er runzelte die Stirn. »Was habe ich gefunden?«

»Des Rätsels Lösung. So ist Johnny Powers an jenem Tag verschwunden, als ich ihn verfolgte. Er ist nicht durch den Tunnel gelaufen, er ist hier hineingegangen.«

Herbert schaute wieder zu der Treppe hinüber. »Ein Geheimgang . . .«

»Und du hast ihn gefunden, als du an dem Hahn gedreht hast. Du bist einfach genial.«

Herbert lächelte, und für einen kurzen Moment war Tim Diamond, der Privatdetektiv, zurückgekehrt und stand da und bewunderte seine eigene Arbeit. »Überlaß alles andere mir«, bemerkte er lässig. »Ich hab' dir ja gesagt, ich würde ein Auge auf dich haben.«

Ich knipste die Taschenlampe an und ging voraus. »Also los«, sagte ich.

Tim Diamond verschwand augenblicklich. »Wir gehen da doch nicht hinein, nicht wahr?« wimmerte Herbert.

Wir gingen hinein. Es mußte auf der Treppe irgendeine Art Druckschalter geben, denn nach ein paar Schritten fiel die Tür hinter uns zu. Eigentlich war ich ganz froh darüber. Herbert hätte sich sonst bei der erstbesten Gelegenheit verdrückt. Und ich hatte das Gefühl, ich wäre ihm bei der zweitbesten gefolgt.

Wir folgten dem Strahl unserer Taschenlampe und gelangen tiefer und tiefer. Die Stufen, die schon zu Beginn schmal gewesen waren, wurden immer schmaler. Mäuse huschten uns über die Füße. Man kam sich vor wie in einem Mausoleum mit Wendeltreppe. Je weiter wir vorankamen, desto niedriger und gewölbter wurden die Mauern. Ich fragte mich nur, was wir finden würden, wenn wir geschunden und zerschunden am anderen Ende herauskämen.

Die Luft wurde so feucht, daß man sie beinahe schon trinken konnte. Sie roch nach dem Moder der Themse. Aber vor uns lag ein Licht, ein sonderbarer, bläulicher Schimmer, umrahmt von dunklem Gewölbe. Ich schaltete die Taschenlampe aus und drehte mich zu Herbert um. Ich wollte ihm sagen, daß er möglichst still sein sollte. Aber ich kam eine halbe Sekunde zu spät. Plötzlich gab es eine gedämpfte Explosion hinter mir. Sie war so laut, daß ich einen Moment lang glaubte, die Bombe in meinem Rucksack wäre hochgegangen. Ich tastete nach meinen Schultern. Sie waren noch da. Dann begriff ich. Es war Herbert gewesen. Er hatte geniest.

»Herbert!« zischte ich.

»Tut mir neid«, keuchte er. »Ich gnaub', ich knieg 'ne Gnippe.«

»Versuch, still zu sein.«

»Knar, Nick.«

Wir gelangten zum Ende der Treppe und gingen durch einen Gewölbegang. Während die Treppe ausgesehen hatte, als wäre sie von Schmugglern am Anfang des 19. Jahrhunderts in den Stein gehauen worden, war dieser Korridor nagelneu. Er war weiß gefliest, mit Neonröhren an der Decke, von denen die Hälfte brannten. Ich wollte gerade weitergehen, als am Ende des Ganges eine Tür geöffnet wurde. Ich packte Herbert am Kragen und verdrückte mich in eine Nische.

»Was ist, Johnny?« hörte ich eine Stimme fragen.

»Ich dachte, ich hätte etwas gehört, Ma«, antwortete Johnny.

»Was denn?«

»Ich weiß nicht genau. Jemand hat geniest . . .«

»Da war nichts, Johnny. Das hast du dir eingebildet.«

»Glaubst du, Ma?«

»Ja, Johnny-Liebling. Komm wieder herein und trinke deine heiße Schokolade mit Gin.«

Die Tür wurde geschlossen, und wir konnten aufatmen. Wenigstens wußten wir jetzt, daß Johnny und seine Mutter hier unten waren. Die Tür am Ende des Ganges mußte zu einer Art Aufenthaltsraum führen. Wären wir einfach so hineinspaziert, hätten wir uns wahrscheinlich bald in einem ganz besonderen Raum aufgehalten – aus Holz, keine zwei Meter lang . . .

Ein zweiter Gang bog nach rechts ab. Den nahmen wir. Er war ungefähr zwanzig Meter lang. Das blaue Neonlicht warf kleine blaue Schatten voraus. Dieser ganze Untergrundkomplex war irgendwie bizarr – er erinnerte an ein Krankenhaus oder an die U-Bahn-Station darüber. Natürlich gab es keine Fenster. Ich konnte aber ein leises Summen hören, wahrscheinlich die Belüftungsanlage. Wie weit reichte dieser Komplex? Und wie komplex mochte er sein? Unmöglich, das zu sagen.

Unmöglich war auch das winzige Wort, mit dem man das beschreiben konnte, was wir am Ende des Ganges fanden. Ich hatte mir schon gedacht, daß dieses Gewölbe ziemlich groß war, aber das hier hätte ich mir in meinen wildesten Träumen nicht vorstellen können. Und meine Träume sind oft ziemlich wild.

Die weißen Ziegel hörten auf. Vergessen Sie die Sache mit dem Krankenhaus oder der U-Bahn-Station. Was wir jetzt sahen, war das verrückteste Museum der Welt, eine riesige Halle mit Gewölben zu beiden Seiten und Säulen, die die Decke stützten. Es war Aladins wunderbare Höhle, eine gigantische Schatzkammer. Das mußte das zentrale Lager sein, der Ort, wo Fence seine Schätze hütete.

Gemälde säumten die Wände, einige hingen, andere lehnten gegen das Mauerwerk. Ich bin kein Kunstkenner, aber ich erkannte zwei Rembrandts und einen Picasso unter den ersten paar Bildern, die ich sah. Antike Statuen drängten sich zusammen. Kronleuchter hingen von der Decke. Orientalische Masken stierten von den Säulen herunter. Einfache Holzkisten quollen über von Gold- und Silberschmuck. Wir kamen an einem Berg aus Videorecordern und Stereoanlagen vorbei. Wir entdeckten genug Pelze, um eine Armee Eskimos auszustatten, und genug Geschirr, um eine Hotelkette zu versorgen. Man hätte in jedes Haus Londons einbrechen, jeden Laden plündern und jedes Museum ausrauben müssen und immer noch nicht so viel Zeug zusammenbekommen, wie hier auf einem Haufen vor uns lag.

Wir hatten gefunden, was wir gesucht hatten. Für mich war die Sache damit erledigt. Nun konnten wir zur Polizei gehen und ihnen das geben, was sie immer gewollt hatten: Fence, Powers und die Beute aus jedem Diebstahl der letzten zehn Jahre. Alles, was wir tun mußten, war abhauen. Und das sollte simpler als simpel sein.

Aber natürlich ist nichts in meinem Leben simpel – außer vielleicht Herbert. Und wenn die Dinge besonders einfach aussehen, beginnen die schwersten Probleme.

Sie begannen mit Herbert. Wir befanden uns mitten in dem Gewölbe, als er plötzlich ein ersticktes Keuchen von sich gab und losrannte. Ich dachte, er müßte wieder niesen, doch dann schnappte er sich etwas von einem Tisch und hielt es ans Licht. Als er sich umdrehte, hatte er eine Vase in der Hand, zwanzig Zentimeter groß, hellblau, mit irgendeinem Vogelmotiv auf einer Seite.

»Ich habe ihn gefunden!« flüsterte er und unterdrückte ein aufgeregtes Kichern. »Ich habe ihn tatsächlich gefunden.«

»Was hast du gefunden?«

»Den purpurroten Pfau.«

»Den Pfau?«

»Du weißt doch. Die Ming-Vase . . .«

Klar, dachte ich. Die Ming-Vase, die aus dem British Museum gestohlen worden war, hatte auch ihren Weg in die Schatzkammer von Fence gefunden und wartete darauf, verkauft zu werden. Ich wußte nicht, was ich sagen sollte. Herbert grinste wie ein kleines Kind, das ein neues Spielzeug bekommen hat. Zum erstenmal in seinem Leben als Detektiv war ihm wirklich etwas gelungen. Aber wir hatten keine Zeit für längere Gratulationen.

»Nehmt die Hände hoch!« rief jemand.

Ich wirbelte herum. Nathan der Weiße stand vor uns. In dem blauen Licht sahen seine Aknepickel wie Mondkrater aus. Aber es war nicht sein Gesicht, sondern seine Hand, die meine Aufmerksamkeit auf sich zog. Sie hielt eine Pistole. Und die Pistole wies auf mich.

»Weiser Nathan . . .«, murmelte ich und hob die Hände. »Vielleicht kann ich dir ein Geschäft vorschlagen.«

»Keine Chance, Simple«, knurrte er. »Tote machen keine Geschäfte mehr.«

Er hatte nicht ganz unrecht. Mit Herbert würde ich mir wohl ein Doppelgrab teilen müssen. Er hatte mir diese Sache eingebrockt. Johnny Powers hatte ihn niesen gehört. Seine Mutter hatte ihn zwar beruhigen wollen, aber Powers war auf Nummer Sicher gegangen und hatte Nathan losgeschickt. Und nun stand der Weiße vor mir, und ich war der Weißglut nahe. Ich konnte ihm auch nicht mehr weismachen, daß ich auf seiner Seite war.

Unauffällig blickte ich mich aus den Augenwinkeln um in der Hoffnung, etwas zu entdecken, mit dem ich ihn außer Gefecht setzen konnte. Aber es gab nichts. Nathan hatte mich mit seiner Kanone voll im Visier. Er würde mich über den Haufen geschossen haben, noch bevor ich mit den Augen zwinkern konnte. Alles, was er tun mußte, war, nach Johnny zu rufen, und wir wären erledigt.

Dann nieste Herbert zum zweitenmal. Es kam so unerwartet und so laut, daß Nathan herumfuhr, noch ehe er überhaupt wußte, was er tat. Im selben Moment war ich über ihm. Mit einer Hand ging ich ihm an die Gurgel. Mit der anderen packte ich die Pistole. So verharrten wir für ein paar Sekunden, wie verrückt gewordene Tangotänzer. Er versuchte zu schreien, aber ich hatte seine Luftröhre fest im Griff, da kam nicht der leiseste Hauch durch. Ich drehte Nathan herum. Nun stand ich Herbert gegenüber, der noch immer seine kostbare Vase in der Hand hielt.

»Verpaß ihm eine!« zischte ich.

Nathan war größer als ich, und ich merkte, daß er sich allmählich aus meinem Griff befreite. Wir hatten nicht mehr viel Zeit. Die Pistole schwenkte zwischen uns hin und her, als er versuchte, sie auf mich zu richten. Mit letzter Kraft riß ich sie jedesmal wieder herum.

»Verpaß ihm eine!« zischte ich wieder. »Nimm die Vase!«

Herbert bewegte sich auf uns zu. Er hielt die Vase in beiden Händen und hob sie hoch, genau über Nathans Kopf. Ich wartete darauf, daß er sie ihm endlich auf den Schädel knallte. Aber Herbert schlug nicht zu. Er schlug die Augen nieder und verzog das Gesicht, als kämpfe er mit sich einen furchtbaren Kampf. Seine Hände bebten. Ich bebte auch.

»Ich kann's nicht!« murmelte er. »Ich kann es einfach nicht, Nick.«

Dann ging die Pistole los.

Die Kugel fuhr so nah an meinem Gesicht vorbei, daß ich den Hitzestrahl auf meiner Wange spürte. Sie mußte mich um Haaresbreite verfehlt haben und schlug in einen Spiegel an der Wand hinter mir. Der Lärm war ohrenbetäubend. In diesem unterirdischen Gewölbe hallte selbst das leiseste Geräusch, und die Kugel und der zersplitternde Spiegel mußten bis rauf nach Rotherhite zu hören sein. Ich wußte, daß die Sache hoffnungslos war. Der Schuß dröhnte noch in meinem Schädel, als ich eine Tür hörte und Schritte und aufgeregte Stimmen. Nathan schaffte es, sich zu befreien. Wieder zielte die Pistole auf mich. Ich rührte mich nicht. Dann leistete uns ein Dutzend andere Pistolen Gesellschaft.

Sie waren aus allen Richtungen herbeigelaufen, Männer, die ich noch nie gesehen hatte, wenn es nicht jene Typen vom Kai waren. Sie waren alle angezogen. Vielleicht schliefen sie in ihren Klamotten. Vielleicht schliefen sie auch nie. Doch nun standen sie um mich herum. Nathan rieb sich den Hals. Mordlust brannte in seinen Augen. Keine Frage, wen er sich als sein Opfer vorstellte.

»Tut mir leid, Nick«, wimmerte Herbert. »Ich konnte es nicht . . . nicht mit dem Pfau.«

»Großartig, Herbert«, murmelte ich. »Vielleicht benutzen sie den Pfau für deine Asche.«

Das war nicht besonders nett von mir. Aber der Sinn für irgendwelche Nettigkeiten war mir abhanden gekommen. Herbert blickte in die Vase hinein und stellte sie vorsichtig auf den Tisch zurück. Der Kreis der Männer öffnete sich. Johnny Powers und Ma machten uns ihre Aufwartung. Obwohl es noch Nacht war, trugen beide Morgenmäntel. Ma Powers obendrein noch Lockenwickler. Ich hätte beinahe losgelacht. Aber das wäre vermutlich das letzte Geräusch gewesen, das ich von mir gegeben hätte.

»Du bist mir also gefolgt«, schnarrte Powers. »Du stinkige, miese Ratte.«

»Sah aus, als wolltest du ohne mich abhauen«, murmelte ich.

»Klar wollte ich ohne dich abhauen. Ich dachte, du wärest mein Freund, dabei hast du die ganze Zeit für die

Bullen gearbeitet.« Powers zitterte vor Zorn. Sein Gesicht war aschfahl. Aber der Wahnsinn brannte in seinen Augen. »Ich hasse Bullen«, fuhr er fort. »Und wenn es nach mir ginge, würde ich dich auf der Stelle kaltmachen – dich und deinen Bruder. Und zwar ganz hübsch langsam.«

»Warum tust du es dann nicht?« fragte Ma Powers, ganz die fürsorgliche Mutter.

»Weil Fence ihn sehen will.« Powers blickte Nathan an. »Bist du okay?«

»Klar, Johnny!« Nathan klang wie ein altes Ofenrohr. Er hustete. »Ich hab' sie mit der Vase erwischt.«

»Die Vase?« Powers schüttelte den Kopf. »Ich will, daß ihr sie fesselt und einsperrt. Fence kommt morgen. Dann machen wir sie alle.«

Alle nickten, und vier Typen stürzten sich auf uns. Wir machten gar nicht den Versuch, uns zu wehren. Wir wurden zum Ende des Ganges geschleift. Dort lagen neben dem Korridor die Belüftungsanlage und irgendwelche elektrischen Armaturen. Am anderen Ende sah ich für einen Moment ein Eisengitter, wie Sie es vielleicht aus Tiefgaragen kennen. Wir gelangten schließlich zu einer Tür. Nathan öffnete sie, und wir wurden in einen kleinen Raum geschoben.

Einer der Typen hatte ein Seil beschafft. Ich hatte Nathan nie für sonderlich zartbesaitet gehalten, aber die Saiten, die er nun aufzog, waren wirklich nicht von schlechten Eltern. Er verschnürte uns damit zu einem kleinen handlichen Paket. Unsere Knöchel, Knie, Handgelenke, Arme . . . Nathan ließ keinen Muskel aus. Schließlich hockten wir gefesselt an der Wand. Und wie es aussah, würden wir eine ganze Weile so hocken bleiben.

Die Männer verschwanden, und Powers kam. Er

blickte uns mit einem dünnen, zufriedenen Lächeln an. Seine Augen blitzten häßlich auf.

»Johnny . . .« begann ich. Ich wollte ihn an unsere Zeit in Strangeday Hall erinnern, wie wir Freunde geworden waren und ich ihm das Leben gerettet hatte. Aber das hätte ihn wahrscheinlich auch nicht gnädiger stimmen können. Der Kerl hatte statt Blut Eis in den Adern.

»Spar dir deinen Atem, Simple«, schnitt Powers mir das Wort ab. »Du wirst ihn noch brauchen, wenn Fence kommt.«

»Wer ist Fence?« fragte ich. Es konnte mir zwar jetzt nichts mehr nützen, aber ich wollte es trotzdem wissen.

»Das wirst du noch früh genug erfahren«, sagte Powers mit einem hämischen Grinsen.

»Hübsche kleine Zweitwohnung hast du hier unten«, sagte ich.

Powers nickte. »Wir sind dreißig Meter unter der Themse. Sie ist genau über dir.«

»Hat Fence diese Gewölbe gebaut?«

»Nein, ein Typ namens Brunel baute sie vor ungefähr hundert Jahren. Aber niemand außer Fence wußte davon. Es gab nämlich zwei Tunnels. Dieser hier war der erste. Doch dann kriegten sie Probleme mit dem Sandstein, und sie fingen ein Stück höher noch einmal von vorne an. Fence hat den alten Tunnel entdeckt und für seine Zwecke genutzt.« Er hielt inne und grinste mich an. »Aber warum verschwende ich meine Zeit mit all dem Quatsch. Das wirst du morgen von Fence erfahren.«

Er lehnte sich über mich und packte mein Gesicht mit seiner eiskalten Hand. Ich spürte, wie seine Finger meine Haut quetschten.

»Fence wird mit dir einiges anstellen«, flüsterte er. Dann brach er in ein schrilles, irres Lachen aus. »Aber vielleicht bleibt ja noch etwas von dir für mich übrig.

Wenn ich anfange, wirst du dir wünschen, mich niemals gekannt zu haben. Und wenn ich fertig bin, wirst du dir wünschen, niemals geboren worden zu sein.«

»Wie du?« sagte ich. »Bei dir hat man doch sowieso nur die Nachgeburt entbunden.«

Vielleicht hätte ich mir diese Bemerkung besser verkniffen. Verkniffen sah er mich an, und seine Faust krachte gegen meinen Schädel. »Ich werde dich Stück für Stück auseinandernehmen«, zischte er. »Niemand macht sich ungestraft über Johnny Powers lustig.«

Er wandte sich um und ging hinaus. Die Tür schlug zu, und ich hörte, wie ein Schlüssel zweimal herumgedreht wurde. Dann trat Stille ein.

Nur in meinem Kopf dröhnte es. Und vor meinen Augen sah ich kleine silberne Sternlein stehen. Ich hatte ihn wütend machen und ablenken müssen. Denn er hatte eine Kleinigkeit übersehen.

Man hatte mir meinen Rucksack abgenommen und in eine Ecke geworfen. Doch niemand hatte ihn durchsucht. Sie war da.

Die Bombe steckte immer noch in meinem Rucksack.

17 Unter Wasser

Das letzte Mal hatte man mich gefesselt, als ich mit Lauren Bacardi, der Assistentin eines Entfesselungskünstlers, befreundet gewesen war. (Sie sehen, die Sache mit Harvey und Tootsie hatte mich nicht so gefesselt, ich hatte sie schon beinahe vergessen.) Wir hatten eine richtig nette Zeit zusammen gehabt, und sie hatte mir den einen oder anderen Trick gezeigt. Ich will nicht sagen, daß ich ein zweiter Houdini war, aber ich hatte so manches gelernt. Als Nathan und die anderen mich fesselten, dachte ich zum Beispiel daran, meine Muskeln anzuspannen. Nun, da sie gegangen waren, ließ ich sie wieder locker. Es brachte zwar nicht viel, aber es gab mir ein wenig Spielraum.

Zum Glück kam noch etwas anderes hinzu. Nach unserem Bad in der Themse waren wir zwar mehr oder minder wieder trocken, aber auf unserer Haut war ein dünner Ölfilm zurückgeblieben. Wie gesagt, das Wasser war ziemlich schmutzig gewesen. Aber nun war ich richtig froh darüber. Das machte meine Bemühungen, die Fesseln etwas abzustreifen, etwas leichter, aber keineswegs leicht. Ich würde eine Menge Zeit dafür brauchen.

Herbert hatte eine ganze Weile nichts gesagt. Das paßte mir sehr gut. Ich gab ihm zwar die Schuld, daß wir jetzt im tiefsten Schlamassel steckten, ihm, seinem Niesen und seiner dämlichen Vase. Aber als ich ihn ansah, tat er mir richtig leid. Er sah ungefähr so glücklich aus wie ein Truthahn am Heiligabend.

»Mach dir keine Sorgen, Herbert«, sagte ich. »Wir kommen hier bald wieder raus.« Ich zog und zerrte und spürte, wie das Seil über mein Handgelenk glitt. Alles, was ich jetzt noch tun mußte, war, den Strick über meine Hand zu bekommen, ohne mir den Daumen abzureißen.

»Wie nur?« seufzte Herbert. Er hatte gesehen, wie ich mich abstrampelte. »Selbst wenn wir hier freikommen, ist da immer noch die Tür. Verrammelt und verriegelt. Und davor steht eine ganze Armee von Kerlen, die nur darauf warten, uns eins überzubrennen. Es ist sinnlos. Es ist hoffnungslos. Wir sind am Ende.«

»Genau das höre ich gern«, sagte ich. »Der alte Optimist Herbert Simple denkt immer positiv . . .«

Natürlich mußte ich zugeben, daß er recht hatte. Die Lage war hoffnungslos, aber nicht ernst. Nach fünfzehn Minuten verzweifelten Bemühens, die Fessel loszuwerden, war das einzige, was lief, Herberts Nase.

Aber ich machte immer weiter. Was hätte ich sonst auch tun können. Herbert kauerte an der Wand und döste. Die Zeit verging. Ich weiß nicht, wieviel Zeit. Es gab keine Uhr, keine Fenster, nur eine kahle Lampe brannte. Und meine tauben Arme. Ich wollte schon aufgeben, als ich endlich, vielleicht war eine Stunde verstrichen, meine linke Hand freibekam. Die Haut hing in Fetzen, und ich hatte mehr Druckstellen als ein Pfirsich in einem Tante-Emma-Laden. Aber ich konnte meine Finger bewegen. Ich war auf dem richtigen Wege.

Danach ging es natürlich einfacher. Ich löste erst die Fesseln an meinem linken Bein und dann an meinem rechten Arm. Als ich aufstand, fühlte ich mich, als wäre ich gerade einer Wäscheschleuder entstiegen. Aber ich hatte es geschafft, wirklich geschafft. Blieben nur noch die verschlossene Tür und die Armee von Halsabschneidern.

Zum ersten Mal sah ich mich in dem Raum genauer um. Er war lang und schmal, ungefähr so groß wie meine

Zelle in Strangeday Hall. Am Ende lag eine weitere Tür, die ich für eine Art Schrank gehalten hatte. Aber als ich sie öffnete, entdeckte ich, daß sie zu einem kleinen Korridor führte, an den noch ein winziger Lagerraum grenzte. Von dort aus ging es allerdings nicht mehr weiter. Doch das brachte mich auf eine Bombenidee. Ich wußte jetzt, was ich zu tun hatte.

Ich weckte Herbert und begann, ihn loszubinden. Währenddessen erzählte ich ihm, was ich vorhatte.

»Bist du ve'ückt gewo'den?« fragte er. Seine Erkältung war wieder schlimmer geworden. »Ve'giß es! Fessel mich wiede'! Ich we'de auf Fence wa'ten.«

»Kommt nicht in Frage, Herbert«, entgegnete ich. »Wer immer Fence auch ist, ich möchte ihm nicht über den Weg laufen.« Ich dachte daran, was Powers mir gesagt hatte. »Oder ihr«, fügte ich hinzu.

»Abe' Nick . . .«

»Kein Aber, Herbert. Wenn die Tür offen ist, hauen wir ab und sehen zu, daß wir nach oben kommen.« Ich deutete mit dem Daumen zur Decke.

Herbert war endlich frei. Ich half ihm auf die Beine. Er rieb sich die Knöchel, Handgelenke und die Nase. Irgendwie schaffte er es, all dies gleichzeitig zu tun. Ich ging zum Rucksack und öffnete ihn. Herbert erstarrte zur Salzsäule, als er die Bombe sah. Ich weiß nicht, was ihn mehr erstaunte, mein Plan oder die Tatsache, daß ich sie den ganzen Tag mit mir herumgeschleppt hatte. Mickey Mouse' Hand wies auf die Zahl elf. Ich schob sie ein Stück zurück, dann berührte ich den Schalter. Das kostete mich einige Überwindung, wie Sie sich wahrscheinlich vorstellen können. Ich wußte nicht, ob die Bombe nicht vielleicht explodierte, sobald ich den Schalter umlegte. Aber das einzige, was explodierte, war Herberts Nase, als er wieder niesen mußte. Er verstand wirklich immer den geeigneten Zeitpunkt abzupassen. Ich brachte die Bombe zur Tür und ließ sie dort stehen.

»Du bist ve'ückt«, sagte Herbert wieder.

»Es ist unsere einzige Möglichkeit, hier rauszukommen«, widersprach ich. »Die Explosion wird die Tür sprengen. Aber die Wände sehen massiv genug aus, um das auszuhalten.«

»Und was ist mit uns?«

»Wir verziehen uns in den Nebenraum.«

Herbert verzog das Gesicht. Ich warf einen letzten Blick auf die Bombe und hoffte, daß ich keinen schrecklichen Fehler beging. Johnny Powers hatte gesagt, daß wir uns genau unter der Themse aufhielten. Wenn die Decke einstürzte, blieb nur noch die Frage, ob wir zuerst zerquetscht wurden, bevor wir ertranken, oder umgekehrt. Beides war mir allerdings lieber, als erschossen oder erwürgt zu werden, wenn Fence auftauchte. Außerdem war ich mir beinahe sicher, das Richtige zu tun. Die Druckwelle würde die Tür aufsprengen und allenfalls noch ein paar Spiegel zersplittern. Die allgemeine Verwirrung würden Herbert und ich zur Flucht nutzen. Je länger ich darüber nachdachte, desto besser gefiel es mir. Nur daß ich aufpaßte, nicht zu sehr darüber nachzudenken.

Wir liefen zum Ende des Korridors und kauerten uns gegen die Wand – und warteten. Das war das Schlimmste. Ich dachte, ich hätte uns zwei Minuten Aufschub gewährt, doch es kam mir wie zwei Stunden vor.

»Herbert . . .« begann ich. Ich wollte ihm sagen, was für ein toller großer Bruder er gewesen wäre und daß ich ihn immer irgendwie bewundert hätte. Es war zwar glatt gelogen, aber ich dachte, das hörte er jetzt vielleicht ganz gern. Doch er konnte nichts mehr hören. Er hatte sich die Finger so weit in die Ohren gesteckt, daß ich schon fürchtete, sie könnten in der Mitte zusammentreffen. Nicht, daß da irgend etwas im Weg gewesen wäre. Die Augen hatte er fest zugepreßt. »Okay«, murmelte ich. »Hat es . . .«

Dann ging die Bombe hoch.

Der Lärm war ohrenbetäubend. Es war nicht nur laut, es war, als risse es einem die Ohren ab. Eine Wolke aus Staub schoß in den Korridor und warf uns von den Füßen. Das Licht flackerte, ging dann aus und brannte schwächer weiter. Als das Echo verhallt war, hörte ich das Poltern von herabstürzenden Steinen und das letzte Geräusch, das ich hören wollte – das Plätschern von Wasser. Mit dickem Staub in den Augen und im Hals kam ich wieder auf die Beine. Ich blickte mich nach Herbert um. Irgendwie hatte die Explosion sein Hemd zerrissen. Oder vielleicht hatte er das auch selbst getan. Er war völlig zerzaust und zerschrammt.

»Laß uns abhauen«, wollte ich schreien, brachte aber nur ein heiseres Krächzen heraus.

Es gab keinen Grund, sich still zu verhalten. Ich konnte überall in der Ferne Leute schreien hören. In unserer Nähe schien das Belüftungssystem zusammenzubrechen, das Gebläse heulte und knirschte. Das Licht flackerte wieder. Wir taumelten aus dem Korridor in unsere Zelle – oder besser gesagt in das, was davon übriggeblieben war. Die Bombe hatte nicht nur die Tür weggesprengt, sondern die ganze Wand. Ich blickte auf. Ein häßlicher Riß durchzog die Decke. Wasser sickerte durch, das auf den geborstenen Betonboden tropfte. Doch noch während ich hinsah, wurde der Riß breiter. Ein Stein fiel herunter und verfehlte Herbert nur knapp. Ich packte ihn und schob mich vorwärts.

Außerhalb der Zelle war alles so chaotisch, wie ich gehofft hatte. Man konnte nur schwer sagen, wo der

Staub endete und der Rauch begann. Aber es kam letztlich aufs selbe raus. Wenn man den Arm ausstreckte, konnte man seine Hand nicht mehr sehen. Einige der Maschinen hatten Feuer gefangen. Durch den Rauch sah ich Funken sprühen. Die Belüftungsanlage erbebte, knallte und erstarb. Noch einmal stoben Funken hervor, fast wie ein kleines bengalisches Feuerwerk. Und dann schoß eine Stichflamme heraus. Hinter uns tropfte das Wasser immer schneller auf den Boden. Als wir einen Moment zögerten, plätscherte es um unsere Füße. Wasser hinter uns, Feuer vor uns, Rauch überall – Mickey Mouse hatte sich als ein ziemlich aufbrausender Kater erwiesen.

Ich wußte, welche Richtung ich einschlagen mußte, wollte ich mir nicht den Kopf einschlagen. Zu jenem Tor, das wie der Eingang zu einer Tiefgarage aussah. Es lag direkt vor uns, aber bevor ich ihn zurückhalten konnte, hatte sich Herbert von mir losgerissen und rannte nach rechts. Der Rauch verschluckte ihn.

»Herbert!« schrie ich und schluckte Rauch.

»Der purpurrote Pfau«, rief er. »Ich kann ihn nicht zurücklassen!«

Ich konnte es nicht fassen. Da sprengte ich uns den Weg frei, damit wir abhauen konnten, während um uns der Teufel los war, und Herbert suchte nach seiner verdammten Ming-Vase. Für einen Moment war ich drauf und dran, ihn zurückzulassen. Aber das konnte ich nicht machen. Er war mein Bruder. Ich war für ihn verantwortlich. Aber wenn ihn hier nicht irgend jemand umbrachte, würde ich das tun, sobald wir aus dem Schlamassel heraus waren. Ich stürzte ihm in den Rauch nach. Wenigstens schien die Explosion seine Erkältung geheilt zu haben.

Der Qualm war wie ein dichter Vorhang. Nach ein

paar Schritten legte er sich plötzlich, und ich fand mich in dem Hauptgewölbe wieder. Hier sah es nicht ganz so verheerend aus. Die Bombe hatte kostbares Porzellan und Gläser im Wert von vielleicht einer Million Pfund zerstört. Winzige Wassertentakel krochen auf die Perserteppiche zu. Aber die Gewölbe hielten noch stand. Auch das Licht brannte noch.

Ich sah gerade Herbert hinter einer Säule verschwinden, als jemand mit einer Maschinenpistole auftauchte. Es war Nathan der Weiße. Er wirbelte herum, und ich sprang zur Seite, wobei ich Hals über Kopf in eine Harfe stürzte, die mit einem lauten Zing zusammenkrachte. Begleitet wurde das Harfenkonzert von einem Kugelhagel, der knapp an meinem Kopf vorbeistrich. Ein Selbstporträt Rembrandts blickte mich mit ungefähr achtzehn neuen Augen traurig an, als hätte es sich ein junger Wilder vorgeknöpft. Nathan stürmte vorwärts. Mit eingezogenem Kopf kroch ich weiter – auf der Suche nach einer Waffe oder einem Versteck oder beidem.

»Finde ihn! Töte ihn! Töte alle beide!«

Das war Johnny Powers. Er war wieder auf der Bildfläche erschienen – und er wirkte gar nicht glücklich. Seine Stimme klang hysterisch, so wie die eines Kindes, das seine Eltern verloren hat. Der helle Wahnsinn war nicht nur in diesen unterirdischen Gewölben, sondern auch in Powers' Oberstübchen ausgebrochen.

Nathan hatte mich fast erreicht, als ich es fand. Man mußte es aus irgendeinem merkwürdigen Antiquitätenladen gestohlen haben. Eine mittelalterliche Armbrust mit Bolzen. Nicht gerade die Waffe, die ich gesucht hatte, aber es würde gehen. Sie hatte eine Art Sperriegel mit einem Hebel, um zu laden. Ich zog ihn zurück und legte den Bolzen auf. Nathan bewegte sich nun vorsichtiger.

Ich kroch unter einen Marmortisch und wartete

darauf, daß ich ihn sehen konnte. Plötzlich stand er direkt über mir. Er riß die Maschinenpistole herunter. Ich drückte auf den Abzug. Die Armbrust ruckte. Nathan zuckte. Der Bolzen traf ihn in die Brust. Er stürzte und feuerte. Doch wies der Lauf seiner Waffe nach oben. Ein Kronleuchter zersprang, seine Kristalle prasselten gegen die Wände. Nathan war zusammengesunken und lag reglos da. Sah fast so aus, als würde er mit seiner Akne keine Probleme mehr haben.

Aber ich hatte keine Zeit, um mir geistig auf die Schulter zu klopfen. Johnny Powers kam näher, und nun hatte er auch seine Mutter bei sich.

»Paß auf dich auf, Johnny-Liebling«, hörte ich sie sagen.

»Keine Sorge, Ma«, entgegnete er. »Ich werde diesen miesen, fiesen, lausigen . . .« Dann gerieten ihm die Worte durcheinander.

Hinter den Säulen Schutz suchend, rannte ich durch das Gewölbe. Ich konnte Powers nun sehen. Er hatte sich angezogen und hielt eine Pistole in der Hand. Sechs Männer waren bei ihm, die ausschwärmten, um die Halle zu durchkämmen. Die anderen seiner Leute hatten genug mit den Flammen zu tun. Ma Powers hielt sich im Hintergrund, sie trug noch immer ihren Morgenmantel und die Lockenwickler.

Zum Glück fand ich Herbert eher als sie. Er stand vor dem purpurroten Pfau und starrte ihn an, als befände er sich in einem Warenhaus und überlegte, ob er ihn kaufen sollte. Es war unglaublich. Hatte er noch nicht mitgekriegt, daß wir in einem unterirdischen Gewölbe festsaßen und eine schreckliche Menge schrecklicher Typen uns ans Leder wollte? Es gibt Momente, da glaube ich, daß Herbert auf seine Art genauso verrückt ist wie Powers. Das war einer dieser Momente.

»Herbert!« flüsterte ich. »Bist du endlich fertig?«

»Ja, Nick.« Er schnappte sich die Vase und lächelte selig. Es bedeutete ihm viel, die Vase gefunden zu haben.

»Hast du dann etwas dagegen, wenn wir gehen?«

»Ihr geht nirgendwo mehr hin!«

Powers stand nur ein, zwei Meter entfernt. Mich hatte er nicht gesehen, dafür aber Herbert. Und nun hatte er uns beide. Die sechs bewaffneten Typen bauten sich um uns herum auf. Mit ihren Knarren sahen sie wie ein Erschießungskommando aus, und das waren sie wohl auch.

»Du bist am Ende, Simple«, knurrte Powers. Sein Gesicht verzerrte sich vor Haß. »Ich hätte dir schon beim ersten Mal eine verpassen sollen. Aber jetzt mache ich keinen Fehler mehr. Ich werde die Sache sofort erledigen.« Er kicherte. »Und ich werde es genießen.«

Er hob seine Pistole.

Ich wußte, das war das Ende. Aber ich hatte nicht erwartet, daß es so schnell kommen würde. Und es war nicht das Ende, das ich erwartet hatte.

Ein Schuß ging los – aber nicht aus Johnny's Pistole, sondern vom anderen Ende des Korridors. Die Pistole flog Johnny aus der Hand und schlitterte über den Betonboden. Die sechs Männer wirbelten herum. Meine Blicke folgten ihnen.

Chef-Inspektor Snape von Scotland Yard stand da. Er war am Leben, und er war bewaffnet. Ungefähr zwanzig Polizisten waren bei ihm.

»Das Spiel ist aus, Powers«, sagte er. »Nimm die Hände hoch. Du bist umstellt. Du hast keine Chance mehr.«

Dann brach die Decke zusammen.

Es war nur eine Frage der Zeit gewesen. Powers hatte

von Problemen beim Bau des Tunnels gesprochen – jenes Tunnels, der jetzt das Hauptquartier von Fence war. Irgend etwas mit dem Kalkstein. Was immer es auch war, der Tunnel hatte schon einige Risse gehabt und nur auf einen Grund gewartet, um aus diesen Rissen einen gähnenden Abgrund zu machen. Die Explosion hatte ihm diesen Grund geliefert. Der ganze Komplex bebte. Dann stürzten eine Unmenge von Ziegeln und Steinen auf Powers und begruben ihn. Ich konnte nicht mehr sehen, was mit den sechs Männern passierte. Denn eine Sekunde später folgte dem Steinhagel die Themse.

Wenn ich nicht an einer Seite gestanden hätte, wäre ich wahrscheinlich auf der Stelle getötet worden. Doch auch so wurde ich von den Füßen gerissen. Das letzte, was ich sah, war Herbert, der den purpurroten Pfau umklammerte. Dann wurde ich von einer Woge wilden, schäumenden Wassers weggespült. Irgend jemand schrie. Ein anderer Teil der Decke gab nach. Eine Säule schwankte und fiel und machte aus einem großen Konzertflügel Treibholz. Fernsehgeräte und Videorecorder wurden umgerissen und trieben in den Fluten. Das Wasser brandete in meinen Ohren. Ich würde ertrinken, dachte ich. Bereite dich darauf vor, gleich deinem Schöpfer unter die Augen zu treten und vergiß nicht, ihn zu fragen, was er sich bei all dem gedacht hat.

Aber dann packte mich eine Hand und zog mich an die Luft. Es war Snape. Er hatte mit den anderen Polizisten eine Menschenkette gebildet, die bis zu dem Metallgitter reichte, wo sie auch hergekommen waren. Nach der ersten Woge floß das Wasser langsamer nach. Es stand nun fast zwei Meter hoch. Die Titanic muß so ähnlich wie dieses Gewölbe ausgesehen haben, mit all den Pelzen und Juwelen in den Fluten. Und den Leichen. Johnny Powers trieb vorbei – mit dem Gesicht nach unten.

Eine weitere Säule widerstand dem Druck nicht mehr. Wieder stürzte Mauerwerk herab.

»Herbert!« schrie ich.

Denn plötzlich war er aufgetaucht und schwamm mir mit einer Hand entgegen. Es war unglaublich. Er war nicht nur am Leben. Er hatte auch noch den purpurroten Pfau bei sich. Und trotz der Explosion, der herabstürzenden Steine, des einbrechenden Wassers – die Vase war unversehrt.

»Hier lang, mein Junge«, sagte Snape.

Ich schnappte mir Herbert, und zusammen wurden wir durch das Wasser zum Metallgitter gezogen. Doch waren wir noch immer nicht in Sicherheit. In ein paar Sekunden würden sämtliche Gewölbe unter Wasser stehen. Eine der Wände schien nachzugeben. Und das Wasser würde in einer zweiten Flutwelle herabstürzen. Die Feuer waren zwar erloschen, doch noch immer kräuselte sich Rauch über der Wasseroberfläche.

Ich war zu erschöpft, um mir noch irgendwie selbst zu helfen. Ich ließ es geschehen, daß Snape mich durch das Wasser zog. Ich konnte kaum glauben, daß er am Leben war. Und wie hatte er mich gefunden? Aber jetzt war keine Zeit für lange Erklärungen. Zwei Polizisten ergriffen mich, und einen Moment später saß ich auf dem Trockenen. Dann wurde Herbert aus dem Wasser gezogen. Er hielt noch immer den purpurroten Pfau.

Wir fanden uns auf einer Plattform aus Holz wieder. Sie mußte über zwei Meter über dem Boden liegen, weil sie noch nicht überspült worden war. Sie lag hinter dem Metallgitter, das Snape nun schloß. Alle zwanzig Polizisten waren da, dazu Snape, Herbert und ich, aber es hätten noch mehr Leute Platz gefunden. Zwei Knöpfe waren in einem Kasten an einer Seite angebracht, einer war rot, der andere grün.

»Hoffentlich funktioniert das Ding noch«, murmelte Snape.

Er drückte auf den grünen Knopf.

Ich hörte ein Donnern, eine zweite Flutwelle schoß heran. Wasser spülte um unsere Füße. Im gleichen Moment hob sich die Plattform und stieg in eine unheimliche Dunkelheit hinauf. Für dreißig Sekunden konnte ich nichts mehr sehen. Ich spürte nur, wie mir mein Magen in die Hose rutschte. Ich begriff allmählich. Das Ganze erinnerte mich an eine Tiefgarage. Die Plattform war nichts anderes als ein riesiger Lift.

Schließlich gelangte der Lift ans Tageslicht. Ich blickte mich um, und fast hätte ich lauthals gelacht. Wir waren einen Schacht hinaufgefahren, durch das Wasser. Und ich wußte, wo wir uns befanden. Ich hätte es die ganze Zeit wissen müssen.

Wir befanden uns im Innern der *Penelope.*

»Okay, Snape«, sagte ich. »Spucken Sie es aus. Wieso sind Sie noch am Leben? Wie sind Sie hierhergekommen? Was ist überhaupt los?«

Ich saß auf einer Bank nahe am Fluß, eingehüllt in eine dicke Decke, einen Becher heißen Tee in der Hand. Der purpurrote Pfau lag in einem Pappkarton neben mir. Es war acht Uhr morgens, und in Wapping war der Teufel los. Überall standen Polizeiwagen. Man hatte sogar einen Versorgungswagen herbeigeordnet, wo es Tee und Sandwiches gab. Auch zwei Krankenwagen waren gekommen. Mir ging es gut, nur Herbert hatte einen Schock erlitten und wurde behandelt.

An beiden Ufern der Themse standen Polizisten mit großen Netzen – Bullen, die im Trüben fischten. In den nächsten Stunden trieben eine Menge Kostbarkeiten an die Oberfläche, nur um geangelt und sichergestellt zu werden. Aber das waren nicht die einzigen Dinge, die der Polizei ins Netz gingen. Sieben von Fence' Leuten hatten den Fluten entkommen können, indem sie die Treppe benutzten, die in die U-Bahn-Station führte. Ma Powers war die letzte gewesen, die aufgetaucht war; ihr Gesicht leer und ihre Augen glasig. Wenn sie wieder aus dem Knast käme, wäre sie wahrscheinlich die Uroma Powers. Und doch tat sie mir komischerweise irgendwie leid. Sie hatte sich immer um ihren Jungen gekümmert, mehr als es meine Mutter mit mir getan hatte.

Nur Fence war entkommen. Das war das Schlimmste an allem. Er war nicht in dem Untergrundkomplex gewesen, und es war höchst unwahrscheinlich, ob er sich noch einmal blicken ließ. Das ganze Gebiet war weiträumig abgesperrt worden. Hunderte von Journalisten und viele Fernsehkameras wurden hinter den Sperren zurückgehalten. Die Wasserschutzpolizei patrouillierte auf der Themse, und Helikopter flogen umher. Ganz London wußte mittlerweile, was passiert war. Wahrscheinlich war Fence schon auf dem Weg nach Rio.

»Womit soll ich anfangen?« fragte Snape.

»Wie wär's, wenn Sie mir zuerst erklärten, wie Sie mich hereingelegt haben?« knurrte ich. Er mochte mir zwar das Leben gerettet haben, aber trotzdem war er mir noch etwas schuldig. Wenn er nicht gewesen wäre, säße ich jetzt glücklich in der Schule – zumindest so glücklich, wie man in einer popeligen Penne wie meiner sein konnte.

Snape machte überhaupt keinen Versuch, sich zu entschuldigen. »Ich mußte dich hereinlegen«, sagte er. »Du hättest sonst nicht mitgespielt.«

»Sie haben mir übel mitgespielt. Das war kriminell!«

»Nein, das war normale Polizeiarbeit. Aber keine Sorge, Nick, alle Anschuldigungen gegen dich werden fallengelassen. Außerdem hatte ich immer ein Auge auf dich. Ich war stets in deiner Nähe.«

»Ja, wie kam es, daß Sie so plötzlich hier aufgetaucht sind?« Ich nippte an meinem Tee. Er tat mir gut – was man von Snape nicht gerade behaupten konnte.

»Du hast die ganze Zeit eine Wanze mit dir herumgetragen«, erklärte Snape. »Ich hatte dich Tag und Nacht auf dem Radar.«

»Eine Wanze? Wo?«

»In deinen Schuhen«, sagte Snape. »Deinen Gefängnisstiefeln. In jedem Absatz steckt ein Sender.«

»Als . . .« Plötzlich begriff ich. »Als ich in Clapham auf den Schienen lag, waren Sie es, der mich befreit hat.«

Snape nickte. »Das stimmt. Wir bekamen mit, daß du von Big Eds Leuten geschnappt worden warst. Also folgten wir deiner Spur. Und als sie dich auf den Schienen liegen ließen, bin ich vorbeigekommen und hab' dir geholfen.«

»Von mir aus vielen Dank dafür . . .«

»Heute nacht war es genauso«, fuhr Snape fort. »Wir lokalisierten dich unter der Themse, und ich vermutete, du hättest Fence gefunden. Dann kamen wir, um dich herauszuholen.«

»Sie haben sich eine Menge Zeit dabei gelassen.«

»Wir haben auf Fence gewartet.«

»Ja, sieht aus, als wäre er Ihnen durch die Lappen gegangen.«

»Mach dir um ihn keine Gedanken, Sonny. Wir haben sein ganzes Unternehmen zerschlagen. Und irgendeiner seiner Leute wird auspacken, du wirst sehen. Wir schnappen ihn noch.« Snape lächelte.

»Solange Sie nicht meine Hilfe dazu brauchen.« Ich

trank meinen Tee aus. Es war das erste heiße Getränk seit sechsunddreißig Stunden. »Wie kam es, daß Sie nicht umgekommen sind?« fragte ich. »Ich habe Sie doch in . . . in dem Auto gesehen.«

Snape schwieg einen Moment. Plötzlich wurde er sehr ernst. »Das war ziemlich knapp«, gab er zu. »Wir hatten nie damit gerechnet, daß Powers aus Strangeday Hall ausbrechen würde. Als wir mitkriegten, was passierte – und daß du bei ihm warst –, kamen wir vorbei, um zu sehen, was wir tun konnten. Dann, als wir in die Telefonzelle rasten . . .«

Er atmete tief durch.

»Ich hatte Glück. Ich saß hinten. Die Tür sprang auf, und ich wurde herausgeschleudert, bevor der Wagen explodierte. Der Fahrer konnte ebenfalls noch herausspringen. Wir rannten zum Auto und bargen Boyle.«

»Ist er tot?«

»Nein, er ist im Krankenhaus, er hat Verbrennungen dritten Grades.«

»Es bricht mir das Herz, Snape«, sagte ich. »Ich werd' ihm Blumen schicken.«

»Das ist nett von dir, Nick.«

»Löwenzahn wäre passend, denke ich.«

Nun, vielleicht reagierte ich ein wenig zu hart. Aber versetzen Sie sich einmal in meine Lage. Man hatte mich übel hereingelegt, ins Gefängnis geworfen, bedroht, verfolgt, beschossen, gekidnappt, geschlagen, auf Schienen gefesselt, fast in die Luft gesprengt, wieder bedroht, wieder gefesselt, fast ertränkt – und das alles verdankte ich zwei Polizisten, die nicht einmal ihren großen Fang gemacht hatten. Mir hatte man überhaupt keine Wahl gelassen. Und was war für mich dabei herausgekommen außer einer Strafarbeit, wenn ich in die Schule zurückkehrte?

»Du wirst nicht schlecht damit fahren«, versprach mir Snape. »Die Versicherungen haben eine hohe Belohnung für all das Zeug ausgesetzt, das jetzt wieder aufgetaucht ist. Und die Polizei wird dich entschädigen.«

»Vielen Dank, ich habe genug von der englischen Polizei«, erwiderte ich. »Wenn sie wirklich die beste der Welt ist, möchte ich nicht wissen, wie der KGB arbeitet.«

Wir saßen eine Weile schweigend da und beobachteten all die hektischen Aktivitäten um uns herum. Ich gähnte. Ich war hundemüde. Mir hätte jetzt auch eine Hundehütte zum Schlafen gereicht.

Dann schlenderte Herbert zu uns herüber.

Er war von den Ärzten untersucht worden, und irgend jemand hatte ihm eine Wolljacke gegeben. Eine Zwangsjacke wäre passender gewesen. Er war in einer besseren Verfassung als ich, will sagen, er war wieder ganz der Alte, der alte spatzenhirnige Idiot.

»Hi, Nick«, sagte er lächelnd.

»Bist du okay, Herbert?« fragte ich.

»Tim«, verbesserte er mich. »Das war Tim Diamonds größter Fall. Wird mich berühmt machen – der Mann, der Johnny Powers faßte.«

»Und was ist mit mir?« wollte ich wissen.

»Du hast mir geholfen, Brüderchen. Vielleicht teile ich sogar etwas von der Belohnung mit dir. Übrigens schuldest du mir noch 'nen Fünfer.« Er schlug mir freundlich auf die Schulter. Ich hätte ihn gern unfreundschaftlich zusammengeschlagen. »Das British Museum wird mir einen Batzen Geld für den purpurroten Pfau zahlen«, fuhr er fort. »Wo ist der eigentlich?«

Er setzte sich, während er mich das fragte. Er stand noch so sehr in dem Gefühl seines Triumphes, daß er überhaupt nicht wußte, was er tat. Ich sah, wie sein Hintern langsam, aber zielsicher auf den Karton zusteuerte. Der Karton krachte zusammen. Ein kurzes Klirren erklang. Herberts Gesicht wurde aschfahl.

Der purpurrote Pfau war in Camden gestohlen worden. Er hatte irgendwie seinen Weg nach Wapping gefunden. Er hatte eine Explosion und eine Flutwelle überstanden, aber er vermochte nicht Herbert Timothy Simple zu überstehen.

Mein Bruder hatte sich gerade auf ihn gesetzt.

18 Französischübersetzung

Es endete genauso, wie es begonnen hatte – mit Französisch an einem heißen Nachmittag,

CÉTAIT UN DIMANCHE MATIN ET IL FAISAIT CHAUD. ANTOINE ET PHILLIPE ÉTAIENT DANS LE CHAMP. LEUR PÈRE DORMAIT DANS UNE CHAISE-LONGUE. QUELOꝎ'UN LES APPELLA DE L'AUTRE CÔTÉ DE LA PALISSADE. C'ÉTAIT LEUR GRAND-MÈRE. »VOULEZ-VOUZ JOUER AU FOOTBALL?« DEMANDA-T-ELLE.

Dieser Text stand an der Tafel, und wir sollten ihn übersetzen. Palis würde irgend jemanden aufrufen, und dieser arme Kerl mußte dann aufstehen und sich einen abstottern. Man durfte sich erst wieder setzen, wenn man einen ganzen Satz hingekriegt hatte. Warum müssen Französischübersetzungen immer so doof sein? Man schwitzte Blut und Wasser, um sie irgendwie ins Englische zu bringen, und mußte hinterher sehen, wie dämlich sie waren. Zum Glück hatte ich diese Übung am Abend vorbereitet. Wenn ich drankäme, sollte das kein Problem für mich werden.

»Sington!«

»Es war ein . . . Dimanche . . . Sonntagmorgen, und es war warm.«

»Es war heiß, Dummkopf.«

Zwei Wochen waren seit unserer Flucht aus der *Penelope* vergangen. In den Zeitungen war die Story von den Schlagzeilen zum Kommentar auf Seite zwei und schließlich zur Glosse auf Seite drei gewandert. Egal, die Zeitungen hatten sowieso mehr ausgelassen, als sie berichtet hatten. So war von Herbert und mir nirgendwo die Rede gewesen. Snape hatte, was uns betraf, für eine absolute Nachrichtensperre gesorgt. Er sagte, es wäre besser für mich, wenn mein Name aus allem herausbliebe. Und besser für ihn, wenn ich mir die Sache genau überlegte. Denn was würden die Leute von einer Polizei halten, die unschuldige englische Schuljungen hereinlegte und erpreßte? Ich meine, das war nicht gerade die feine englische Art.

»Setz dich, Sington. Goodman!«

»Ich, Sir?«

»Ja, du, Goodman!«

»Antoine und Phillipe waren auf dem Feld. Sir.«

Zu guter Letzt wurde mein Name in einer 4-Zeilen-Meldung in irgendeinem Käseblatt erwähnt. Es hieß dort, ich sei ›wegen neuer Erkenntnisse‹ aus Strangeday Hall entlassen worden. Mit anderen Worten, meine Ehre war wiederhergestellt. Nur sorgten Snape und die Behörden dafür, daß davon nicht zuviel in den Zeitungen stand.

»Hopkins!«

»Ihr Vater schlief in einem Gartenstuhl.«

»*Exactement.*«

Natürlich hatte sich alle Aufmerksamkeit auf mich gerichtet, als ich in die Schule zurückgekehrt war. Der Direktor hielt eine große Rede über mich während einer Schulversammlung. Und jeder hatte eine Menge Witze auf Lager. Aber es ist doch erstaunlich, wie schnell Dinge in Vergessenheit geraten. Nach ein paar Tagen war alles wie früher. Nur daß ich eine Menge Übungen nachholen mußte, soviel, daß ich mich immer noch nicht davon erholt hatte. Und ein Held war ich auch nicht mehr. Ich war nicht einmal sicher, ob ich jemals einer gewesen war.

Palis hatte sich überhaupt nicht verändert. Er war noch

immer dieser sarkastische Pauker, der es liebte, Ohren zu verdrehen. Er hatte kaum ein Wort mit mir gesprochen, seit ich zurückgekehrt war. Fast als wollte er jene Nacht vergessen, die wir zusammen verbracht hatten. Ich hatte ihn aus allem herausgehalten und nicht erwähnt, wie er mir geholfen hatte. Ich schätzte, das war ihm lieber so. Aber er hätte wenigstens sagen können, daß er froh war, mich mit heiler Haut wiederzusehen.

»Simple!«

Er rief meinen Namen, und ich stand auf. Es war heiß und stickig im Klassenraum. Die Sonne blendete mich. Es war verdammt schwer, sich auf französische Worte zu konzentrieren. Irgend jemand tat irgend etwas auf der anderen Seite einer . . . Palissade . . . eines Zaunes?

»Irgend jemand rief sie von der anderen Seite des Zaunes«, sagte ich.

»Ja, das ist richtig, Simple. Buckingham! Der nächste Satz . . .«

Ich setzte mich wieder.

Mein Kopf dröhnte, und ich spürte, wie mir Schweiß auf die Stirn perlte. Einen Moment glaubte ich, krank zu sein. Aber es war irgend etwas anderes. Die Stimmen im Klassenzimmer waren zu fernen, kaum hörbaren Echos geworden. Ich versuchte mich auf die Sätze an der Tafel zu konzentrieren. Ich hatte etwas gesehen, etwas, das fürchterlich falsch war, oder einfach fürchterlich.

Die französischen Worte in Palis' verschnörkelter Schrift verschwammen – und wurden wieder klarer. Ich starrte auf jenen Satz, den ich gerade übersetzt hatte.

»QUELOU'UN LES APPELLA DE L'AUTRE CÔTÉ DE LA PALISSADE.«

Das war es! Ich hatte das Wort gerade übersetzt.

Palissade hieß auf englisch fence – der Zaun.

Fence – palissade.

Palissade.

Palis.

Nein, das war verrückt – ein Zufall. Ich blickte meinen Französischlehrer an. Er sprach gerade mit einem anderen, aber seine Augen waren auf mich gerichtet, und ein heimtückisches Grinsen verzerrte seinen Mund.

Und dann wurde mir plötzlich alles klar. Palis war Fence. Es konnte gar nicht anders sein.

Bei unserer ersten Begegnung hatte mir Snape gesagt, Fence könnte sich mit irgendeiner anderen normalen Tätigkeit tarnen – er könnte zum Beispiel ein Bankier oder Geschäftsmann sein. Warum also nicht auch ein Lehrer? Dann hatte er die Nachmittage frei und viele Ferien. Was konnte ihn besser tarnen? Und Snape hatte ihn von Anfang an verdächtigt. Dieser Gedanke traf mich wie ein Keulenschlag. Warum sonst sollte er mich für diese verdammte Drecksarbeit ausgesucht haben? Er hatte damit gerechnet, daß Powers ausbrechen würde, und gehofft, ich wäre mit von der Partie. Deshalb war er in jener Nacht auch zufällig in der Nähe gewesen. Ich würde Fence wiedererkennen, wenn ich ihn sehen würde. Und wenn diese Erkenntnis mich umbrachte, würde es nur beweisen, daß Snape auf der richtigen Spur gewesen war.

Palis . . .

Es paßte alles zusammen. Schon in Woburn Abbey hatte mich gewundert, wieviel mein Französischpauker von Kunst und Antiquitäten verstand. Aber natürlich gehörte das als Mr. Fence zu seinem Geschäft. Ich hatte Kunstbücher in seiner Wohnung gesehen. Vermutlich hatte ich ihn gerade bei seinen eigenen Hausaufgaben gestört.

Und ich hatte mich ihm selbst ans Messer geliefert, als ich zu ihm hereingeschneit war. Ich war ungerecht mit

Herbert gewesen. Nicht er hatte die Sache mit Powers vermasselt, ich hatte das getan. Ich hatte Palis alles verraten, hatte ihm alles haarklein erzählt, bevor er sich mir offenbaren konnte. Denn genau das hatte er tun wollen. Als er mich vor der Polizei rettete, hatte er gesagt, er habe einen Grund – er hatte nämlich geglaubt, ich wäre auf seiner Seite. Wenn ich meinen Mund gehalten hätte, hätte er mir alles erzählt, aber ich Vollidiot hatte ihm meinen Kopf auf einem Silbertablett serviert.

Kein Wunder, daß er es am nächsten Morgen so eilig hatte, Wapping zu verlassen. Er wußte von der Bombe, denn er hatte noch in der Nacht mit Powers telefoniert. Ich hatte im Traum das Klingeln gehört. Es ging allein auf meine Kappe, daß der arme Herbert mitten in der Nacht aus dem Bett gerissen worden war. Palis hatte die Sache kaltblütig arrangiert. Er hatte mich gefahren, weil er gewußt hatte, daß es die letzte Fahrt war, die ich machen würde – jedenfalls mit heiler Haut.

Aber das waren alles Vermutungen. Doch in den unterirdischen Gewölben hatte mich Powers beschuldigt, für die Polizei zu arbeiten. Selbst wenn Herberts Tarnung aufgeflogen wäre, hätte er das unmöglich wissen können. Herbert hatte es ihm sicher nicht erzählt, und ich auch nicht. Blieb nur eine einzige Person, die es wußte.

Palis . . .

Das Geräusch zuklappender Bücher und das Zuschlagen der Pultdeckel brachte mich wieder in die Gegenwart zurück. Ich blickte auf die Uhr. Es war halb vier, das Ende der Stunde. Die anderen Klassen liefen schon auf den Korridor hinaus. Was hatte Palis vor? Wußte er, daß ich wußte, wer er war? Ich schaute unauffällig zu ihm herüber. Es konnte keinen Zweifel daran geben. Er hatte mich diesen Satz übersetzen lassen, um mich herauszufordern. Er war erledigt, und er wußte es. Aber mit mir wollte er vorher noch abrechnen.

»Das war es für heute«, sagte er. »Leider kann ich in der nächsten Woche nicht bei euch sein. Ich mache Ferien . . . ziemlich lange Ferien. Ich werde nicht zurückkommen.«

Ein enttäuschtes Aufstöhnen fuhr durch die Klasse – geheuchelt natürlich. Niemand wäre traurig gewesen, wenn Palis vom Eiffelturm stürzen würde.

»Ihr könnt nun gehen«, fuhr er fort. »Bis auf Simple.« Die drei letzten Worte klangen fast wie Pistolenschüsse.

Meine Finger umkrampften das Pult. Die anderen waren aufgestanden und schlenderten hinaus. Palis schob seine Hand in seine Jacke. Es sah wie eine zufällige Bewegung aus, aber ich wußte genau, was er bei sich trug. Was konnte ich tun? Wenn ich versuchte, zur Tür zu kommen, hätte er sofort geschossen – ihm war egal, wen er außer mir noch traf. Aber allein mit ihm hatte ich überhaupt keine Chance. Ich würde schon am nächsten Tag in der Zeitung stehen. Rubrik Nachrufe.

Es gab nur einen Ausweg. Er hatte mir mehr oder minder deutlich zu verstehen gegeben, daß er Fence war. Er wußte, daß ich es wußte. Doch wußte er, daß ich wußte, daß er wußte, daß ich es wußte? Es kam auf einen Versuch an.

Mit meiner besten Unschuldsmiene ging ich nach vorn und stellte mich vor sein Pult. Ein Stapel Übungsbücher lagen zwischen uns. Ich legte meine Hände vor sie auf das Pult. Sechs oder sieben Leute waren noch im Klassenzimmer und trödelten an der Tür herum.

»Geht es um die Französischübersetzung, Sir?« fragte ich.

»Nein, Simple.« Er blickte mich an und fragte sich

wohl, ob ich dümmer war, als er gedacht hatte. Und genau das sollte er auch denken.

»Ich hab' all die Arbeiten erledigt, die Sie mir aufgegeben hatten, Sir«, fuhr ich fort.

»Darum geht es nicht, Simple.«

Ich tat, als müsse ich mich an der Nase kratzen und nutzte den Moment, um zur Tür zu schielen. Es war niemand mehr da.

»Mr. Palis . . .?« fragte ich.

Im selben Augenblick riß ich meine Hände hoch. Er wollte gerade seine Pistole ziehen, aber ich hatte ihn überrascht. Die Bücher flogen ihm ins Gesicht, und er verlor das Gleichgewicht. Im selben Moment nahm ich reißaus. Ich war an der Tür, als er sich wieder gefangen hatte. Ein dumpfer Knall erklang, und der Türrahmen splitterte, als ich hindurchrannte.

Ich war zwar draußen, aber längst noch nicht weg. Palis hatte eine Pistole mit Schalldämpfer. Niemand hatte den ersten Schuß gehört. Niemand wußte, daß hier etwas faul war. Ich blickte mich um. Am Haupteingang drängelten die Leute auf den Hof hinaus. Ich nahm den anderen Weg, rutschte über den Korridor und krachte gegen einen Feuerlöscher. Der zweite Schuß traf den Feuerlöscher mit einem lauten Pleng. Ich spurtete um die Ecke und knallte mit Mr. Snelgrove zusammen, der gerade aus seiner Klasse kam.

»Simple . . .« begann er.

Palis feuerte erneut. Die Kugel durchschlug sechs Bände der Oxford Medieval History und blieb in Snelgroves Schulter stecken. Er schrie auf und wurde ohnmächtig. Ich sprang über ihn hinweg und rannte weiter.

Ich gelangte zu einer Treppe und lief sie hinauf, wobei ich drei Stufen auf einmal nahm. Ich hatte den ersten

Stock erreicht, als das Foto eines alten Kricket-Teams unserer Schule an der Wand neben mir zersplitterte. Noch schneller stürzte ich zum zweiten und dann zum dritten Stock hinauf. Eine Frage brachte mich – wenn ich von Palis absah – fast um. Wo blieb Snape? Wenn er Palis verdächtigte, mußte er immer in der Nähe sein. Es sah beinahe so aus, als sähe er mich genauso gerne tot wie Palis hinter Schloß und Riegel.

Im obersten Stockwerk unserer Schule lagen die Biologie- und Physikräume. Dort hatten man offenbar früher Schluß gemacht, denn alles war verlassen. Es gab nur diesen einen Zugang und keine Zeugen weit und breit. Palis wußte das. Er kam langsam näher, seine Schritte hallten im Treppenhaus wider. Ich schlich durch eine Schwingtür in ein Biologielabor und hoffte, daß er an mir vorbeigehen würde. Eine ausgestopfte Ratte starrte mich aus einem Glasschrank an. Ein Schädel grinste neben einem Bunsenbrenner. Palis ging nicht vorbei. Ein gedämpftes Husten, und der Schädel spaltete sich, als die Kugel ihn mitten zwischen die Augen traf. Ich warf mich unter einen Labortisch. Palis betrat den Raum.

Zum Glück waren die Jalousien heruntergelassen, und es herrschte ziemliche Dunkelheit. Ich kroch hinter den Labortisch und rutschte auf dem Hintern weiter. Der Labortisch erstreckte sich beinahe über die gesamte Länge des Raumes. Während ich den einen Weg nahm, ging Palis den anderen. Ich konnte seine Schritte hören, aber ihn nicht sehen. Und ich wagte nicht, mich nach ihm umzuschauen.

Unter dem Labortisch waren ziemlich nah am Boden Regale angebracht. Auf jedem standen Flaschen, die mit den verschiedenfarbigsten Flüssigkeiten gefüllt waren. Ich nahm eine und zog den Stopfen heraus. Der Geruch ließ meine Augen tränen. Palis hielt inne. Er atmete tief durch. Ich schätzte, er stand ein, zwei Meter entfernt. Ich erhob mich. Und da stand er genau vor mir. Er schoß, und ich warf die Flasche.

Die Kugel traf meinen Arm und schleuderte mich gegen die Wand. Die Flasche traf ihn ins Gesicht, die Säure spritzte heraus. Er schrie und rieb sich wie ein Wahnsinniger die Augen. Kleine Rauchschwaden stiegen auf. Ich preßte eine Hand auf meine Wunde und taumelte aus dem Labor.

Gegenüber dem Labor stand eine Tür offen. Noch immer meinen Arm haltend, lief ich hindurch und eine weitere Treppe hinauf. Ich hatte keine Ahnung, wohin sie führte. Ich wollte nur Palis endlich abschütteln. Der Himmel mochte wissen, was ich mit seinen Augen angestellt hatte. Was war in der Flasche gewesen? Schwefelsäure? Höchst unangenehm, vermutlich . . .

Die Treppe führte aufs Dach. Weiter konnte ich nicht mehr gehen. Es war flach und nicht größer als ein Tennisplatz. Man konnte gut und gerne zwanzig Meter hinabstürzen. Aber die Sache hatte auch ihr Gutes. Ich konnte Sirenen hören, und als ich hinunterblickte, sah ich die ersten Polizeiwagen zur Schule rasen. Es waren noch eine Menge Leute da, und nun sprangen die Polizisten aus ihren Wagen und umstellten das Gebäude. Wie immer kam Snape spät, aber er kam.

»Simple . . .«

Palis stand in der Tür, versuchte seine Pistole ruhig zu halten. Ich hatte ihn übel zugerichtet. Weißliche Brandwunden überzogen die eine Seite seines Gesichtes. Sein linkes Auge war geschlossen, das andere blutunterlaufen. Fast sein ganzes Haar schien sich aufgelöst zu haben.

»Du hast alles zerstört, Simple«, zischte Palis. »Mein ganzes Unternehmen . . . mein Lebenswerk.«

»Und nun bist du am Ende, Fence«, sagte ich. »Das ist dein letzter Auftritt.«

»Oui. Aber dich werde ich noch fertigmachen. Diese Genugtuung wenigstens werde ich haben.«

Er drückte ab.

Aber nichts passierte. Er hatte sechs Kugeln abgefeuert, und er hatte keine siebte mehr.

Palis schrie auf und griff an. Wie ein wilder Stier stürmte er auf mich zu. Im letzten Moment machte ich einen Schritt zur Seite. Er konnte nicht mehr bremsen und stürzte über das Dach. Immer noch schreiend fiel er hinunter. Dann hörten die Schreie auf. Ich ging zum Rand des Daches und blickte hinunter. Das war kein besonders erfreulicher Anblick. Palis hatte ein schreckliches Ende gefunden – und ein passendes obendrein.

Er hatte sich in einem Zaun aufgespießt.

Zehn Minuten später ging ich aus der Schule. Mein rechter Arm war taub, mein Hemd blutdurchtränkt. Sie hatten mich auf einer Bahre hinaustragen wollen, aber ich hatte mich geweigert. Ich wollte auf meinen zwei Füßen stehen.

Von Woburn Abbey über Strangeday Hall bis zu diesem Ende hier . . . es hatte nicht viel zu lachen gegeben. Aber ich lebte immer noch. Ich war mehr oder weniger mit heiler Haut davongekommen. Und das war es, was zählte. Denn das Leben ist eigentlich gar nicht so übel, wenn man sich nicht unterkriegen läßt, und obwohl ich 'ne Menge daran auszusetzen hatte, würde ich weiterleben und all das Schöne auskosten, das es bot.

ENDE

Band 13 248

Craig Shaw Gardner

Zurück in die Zukunft II

Deutsche Erstveröffentlichung

Der Roman zum Kino-Ereignis!

Marty McFly ist wieder unterwegs in Sachen Schicksal. Diesmal bringt ihn sein bester Freund, der verrückte Wissenschaftler Doc Brown, ins Jahr 2015, wo Marty einen gefährlichen Auftrag zu erledigen hat: Seine eigenen Kinder drohen auf die schiefe Bahn zu geraten!
Aber in der Zukunft Schicksal zu spielen ist viel komplizierter, als Marty geahnt hat. Was da alles schieflaufen kann . . .

Nach dem überwältigenden Erfolg von ›Zurück in die Zukunft‹ läuft nun in unseren Kinos der zweite Teil dieser phantastischen Komödie mit Michael J. Fox. Das Buch zum ersten Teil ist ebenfalls bei Bastei-Lübbe erschienen (Band 13 039).

Sie erhalten diesen Band im Buchhandel, bei Ihrem Zeitschriftenhändler sowie im Bahnhofsbuchhandel.